Manuel Vázquez Montalbán
Carvalho und das Mädchen, das Emmanuelle sein sollte

Manuel Vázquez Montalbán
Carvalho und das Mädchen, das Emmanuelle sein sollte

Aus dem Spanischen von Carsten Regling

Verlag Klaus Wagenbach   Berlin

Die spanische Originalausgabe erschien 1997 unter dem Titel *La muchacha que pudo ser Emmanuelle* als Fortsetzungsroman in der Zeitung *El País*. In Buchform erschien der Roman auf Spanisch erstmals 2011 in *Cuentos negros* bei Galaxia Gutenberg in Barcelona.

Diese Ausgabe wurde mit einer Beihilfe des spanischen Ministeriums für Bildung, Kultur und Sport übersetzt.
 La presente edición ha sido publicada con una subvención del Ministerio de Educación, Cultura y Deporte de España.

Wagenbachs Taschenbuch 695
Deutsche Erstausgabe
2. Auflage 2018

© Herederos de Manuel Vázquez Montalbán
© 2012, 2018 für die deutsche Übersetzung:
 Verlag Klaus Wagenbach, Emser Straße 40/41, 10719 Berlin
 Umschlaggestaltung Julie August unter der Verwendung einer Fotografie © Peter Zoeller / getty images. Autorenfoto auf dem Umschlag © Isolde Ohlbaum. Das Karnickel auf Seite 1 zeichnete Horst Rudolph. Gesetzt aus der Melior BQ und Eurostile. Vorsatzpapier von peyer graphic, Leonberg.
 Gedruckt auf Schleipen und gebunden bei CPI books GmbH, Leck.
 Printed in Germany. Alle Rechte vorbehalten.

ISBN 978 3 8031 2695 5

1 Alles begann mit einem Fax

Biscuter hatte Carvalho um eine Audienz gebeten, und trotz der lustlosen Antwort – »Du brauchst eine Audienz, um mit mir zu reden?«– ging das Ersuchen um ein formelles Treffen seinen Gang; und da saßen sie nun, jeder auf einer Seite des Schreibtisches, Biscuter mit seiner wie gewöhnlich bei bedeutenden Anlässen hochgezogenen Augenbraue und der winzigen Zunge, die über seine Lippen fuhr, um die angekündigten heiklen Worte besser flutschen zu lassen.

»Sie sind unmodern, Chef.«

Jetzt war es raus. Carvalho ließ sich den Satz durch den Kopf gehen, ohne Biscuter aus den Augen zu lassen, aber auch ohne ihn zum Weiterreden aufzufordern. Es half nichts.

»Sie sind unmodern und undynamisch bei allem, was Sie tun. Moderner würden Sie durch eine Erneuerung Ihres Equipments und dynamischer dank einer besseren Nutzung der Personalressourcen, über die Sie verfügen. Sie werden sich fragen, von welchem Equipment spricht dieser Typ, von welchen Personalressourcen. Eine berechtigte Frage, schließlich gibt es in diesem Büro kein weiteres Equipment als das Telefon und keine anderen Personalressourcen als die Ihren. Sie reden den ganzen Tag von Krise, von der Sinnlosigkeit eines Privatdetektivs in einer so zynischen Gesellschaft wie dieser. Aber Sie tun nichts, um etwas an dieser Situation zu ändern. Haben Sie auch nur ein einziges Mal Werbung für sich als Detektiv gemacht? Wissen Sie überhaupt, was ein Fax ist? Ein Computer? Eine CD-ROM? Internet? Können Sie sich vorstellen, wie viel Ihnen die Beherrschung der Datenautobahnen bringen würde? Sagen Sie jetzt nichts, und lassen Sie mich ausreden. Seit ich 1992 in Paris war und an diesem Suppenkurs teilgenommen habe, ist mein geistiger Horizont ein anderer. Ich habe dort ein Buch erstanden, das mir die Augen geöffnet hat: *L'état des médias*, ein hochwissenschaftliches Werk, herausgegeben von einem klugen Kopf namens Jean-Marie Charon. Was ich nur zur Hälfte verstand, hat mich derart fasziniert, dass ich seit 1992 an einem Französisch-Fernkurs teilnehme und somit in der Lage bin, die wesentlichen Aussagen der herausragenden Wissenschaftler, die an diesem Werk mitgewirkt haben, voll und ganz zu unterschreiben. Vor allem diese: *L'informatisation des sociétés industrielles, amorcée au tournant des années quatre-vingt, a transformé le paysage médiatique: de nouveaux territoires se sont constitués. Des jonctions s'opèrent entre les domaines de l'informatique, des télécommunications et des médias traditionnels. De cette synergie émergent à la fois de nouveaux médias ....«*

»Etwas konkreter bitte, Ihre Eminenz.«

»Konkret: *Les théories apparaissent plurielles, éclatées, dans un contexte ou les médias explosent et prennent de plus en plus d'importance dans nos sociétés.* Vielfältige Theorien, aufgepasst! Vielfältige. Aber auf keinen Fall die schlechteste aller Theorien, die, ich muss es leider sagen, die Ihre ist: Fortschrittsfeindlichkeit.«

Er musste Zeit gewinnen, also forderte Carvalho Biscuter mit einer ausholenden Geste auf, seine Vorschläge zu unterbreiten.

»Zunächst einmal sollten wir eine Anzeige schalten und danach ein Faxgerät installieren, damit ich nicht mehr vom Läuten des Telefons unterbrochen werde, wenn ich gerade einen Schmortopf umrühre, und Sie kennen die subtile Chemie, die meine Schmortöpfe bisweilen enthalten. Solange wir noch nicht durch den Cyberspace surfen und über das Internet Klienten suchen, werden uns diese beiden Maßnahmen helfen, Ihre Personalressourcen zu optimieren, zumal ich von nun an die verschiedenen Aufgaben eines stellvertretenden Privatdetektivs übernehmen werde, so wie bereits in *Roldán, weder tot noch lebendig*. In Anbetracht Ihrer Neigung, Probleme auszusitzen oder so lange zu warten, bis die auf diesem Schreibtisch oder in Ihrem Hirn angehäuften Probleme Sie vergessen haben, habe ich mir erlaubt, diese knappe Anzeige zu verfassen und eine Faxnummer hinzuzufügen, nur die Faxnummer, denn schwarz auf weiß um ein persönliches Treffen zu bitten käme einer Verpflichtung gleich.«

»Was für eine Faxnummer?«

Carvalho las den Text auf dem karierten Blatt, das ihm Biscuter reichte:

```
Carvalho & Biscuter, assoziierte Detektive.
Freunde und Vermittler, die Ihnen helfen,
   sich im Dschungel zurechtzufinden,
 wo der Mensch des Menschen Wolf ist.
                Fax ...
```

Immer wieder wanderten Carvalhos Augen über die Zeilen und die kurze Distanz, die das Papier von Biscuters erwartungsvoller Haltung trennte.

»Allmählich begreife ich, was das Ganze soll, Biscuter.«

»Genau darum geht es, Chef.«

»Ich ziehe den Hut vor deiner Fähigkeit, über neue Kommunikationsmedien und die Rolle des Privatdetektivs zu reflektieren.«

»Ich habe das neulich in einem Artikel über ein Symposium gelesen, in dem es um die *Vermittler im Spätkapitalismus* ging, die da wären: der Scheidungsanwalt, der Steuerbeamte, der Psychiater, der Privatdetektiv. Möglicherweise fällt es Ihnen jedoch schwer, das mit den assoziierten Detektiven zu akzeptieren.«

»Nein, ganz im Gegenteil, das gefällt mir. Aber was mir noch besser gefällt, ist der Wortlaut, auch wenn das Gefäß nicht so recht zum Inhalt passt.«

»Ich mag es, wie Sie Ihre Sprache modifizieren, Chef. Diese Verbindung von Gefäß und Inhalt, einfach großartig.«

»Mehr noch. Der Entwurf ist gut, mach es so, ich bitte dich lediglich, einen Teil des Textes zu ändern. Das mit dem Dschungel und der Gesellschaft zum Beispiel, wo der Mensch des Menschen Wolf ist. Es reicht völlig aus, wenn du *Carvalho & Biscuter. Assoziierte Detektive* schreibst und dann die Faxnummer.«

Die ganze Nacht lang grübelte Carvalho über die neue Situation, vor allem über Biscuters Verhalten, der seine übliche, durch die Willensschwäche des Detektivs noch verstärkte Trägheit abgelegt hatte. Er beschloss, ihn bis auf Weiteres machen zu lassen, und als er am nächsten Morgen sein Büro betrat, fand er neben dem Telefon ein Faxgerät und mehrere Kartons mit Etiketten vor, die auf einen Inhalt voller Modernität verwiesen. Alles war noch provisorisch. »Ich beuge mich Ihrem Urteil, Chef«, erklärte Biscuter, und das Urteil bestand darin, das Faxgerät zu akzeptieren, die kybernetischen Kartons jedoch abzulehnen, ohne sich weiter um die Erklärungen seines neuen Partners zu scheren.

Kaum war der neue Apparat gebilligt, der laut Biscuter ihr Leben verändern würde, zog sein Partner mit der ausladenden Geste eines Stierkämpfers die Seite aus *El Periódico* hervor, auf der ihre Anzeige abgedruckt war:

```
       Carvalho & Biscuter
       Assoziierte Detektive
  Neueste kriminalistische Techniken
            Fax: 22 36 72 8
```

»Ich habe mir erlaubt, das mit den neuesten kriminalistischen Techniken hinzuzufügen, denn diese drei Worte sind die Voraussetzung für den Absatz unseres Produktes. Neueste, kriminalistische, Techniken. Jedes der drei Wörter genießt schon für sich allein großes Ansehen.«

»Bei ›kriminalistisch‹ habe ich eher ein ungutes Gefühl. Ich weiß nicht, ob die Leute gern auf die Hilfe eines Kriminalisten zurückgreifen, das hört sich zu sehr nach einem Kriminellen an.«

»Die Leute werden schon wissen, dass ein Kriminalist ein Wissenschaftler ist, der sich mit Verbrechen beschäftigt, und kein Verbrecher.«

Sie warteten, dass das Faxgerät seinen Betrieb aufnähme, aber weil sich das Tier höchst verschlossen zeigte, ging Biscuter in die kleine Küche, um das Essen zu bereiten: Spaghetti *alla genovese*, dazu eine *blanquette* mit Lamm und Curry, der er während des Schmorens eine komplizierte, in der Zeitung gelesene Erklärung der Bezeichnung *alla genovese* beifügte: Das ist wie Pesto, aber mit Gemüse, vor allem zarten Bohnen und sogar Kartoffeln, und was die *blanquette* mit Curry betrifft, handelt es sich um ein weißes Ragout mit einem Löffelchen Curry, nur dass man statt Butter Öl verwendet. Mediterrane Küche, präzisierte Biscuter, und Carvalho nahm die diätetischen Weisheiten seines Mitarbeiters in sein Kuriositätenkabinett auf. Vielleicht hatte Biscuter ja sogar ein Gedächtnis, überlegte er und fragte ihn danach:

»Biscuter, hast du ein Gedächtnis?«

»Jeder hat ein Gedächtnis. Alle kauen ständig auf ihren Erinnerungen herum, und es gibt Menschen, die den ganzen Tag von nichts anderem reden, aber die meisten käuen ihre Erinnerungen einfach nur wieder, Chef, wenn Sie verstehen, was ich meine. Wie Essen, das wieder im Mund landet, weil man es nicht gut gekaut hat.«

»Eine ziemlich pessimistische Sicht.«

»Ich habe keine andere. Ich befasse mich lieber mit der Zukunft.«

Carvalho fragte nicht, ob Biscuter überhaupt eine Zukunft hatte – es wäre einer Beleidigung gleichgekommen. Auch der flüchtige, aus Eigennutz flüchtige Eindruck, Biscuter werde allmählich alt, währte nicht lange. Wie alt war Biscuter? Wer war Biscuter? Wie hieß Biscuter wirklich? Wie sollte er das wissen, ohne ihn zu fragen? Die Spaghetti *alla genovese* oder *alla was auch immer* waren gut, sie schmeckten nach Hausmannskost, antitheologisch, wenn man in Betracht zog, dass auch die Ernährung ihre Theologie besaß, die beispielsweise das Vermischen von Pasta, gekochten Kartoffeln und Gemüse untersagte. Eine zarte, einsam und allein auf ihrem Bett aus leichtem Pesto ruhende Bohnenschote weckte Erinnerungen an die Abendessen seiner Kindheit. Er überließ sich seinen Gedanken, als plötzlich das Telefon läutete und Biscuter den Finger an die Lippen legte und ihn mit einer Handbewegung davon abhielt, den Hörer abzunehmen. Das Telefon war verstummt, doch aus dem neuen Gerät drangen die Vorbereitungsgeräusche für einen unbestimmbaren Start, und aus einem Schlitz trat ein Blatt Papier hervor, erst noch schüchtern, dann begierig, die Geburt so schnell wie möglich hinter sich zu bringen. Ein Blatt. Ein einziges Blatt. Stille. Biscuter ergreift die Initiative, zieht es heraus und reicht es, ohne seinen Inhalt zu lesen, an Carvalho weiter.

»Ich muss Sie dringend sprechen, es geht um das Mädchen, das Emmanuelle sein sollte. Dorotea Samuelson.«

2 Welcher Teil seiner Vergangenheit ist die Heimat eines Mannes?

Die Frau hat grüne Augen, das blondgefärbte Haar eines Mädchens und eine ungepflegte Haut, die sämtliche Narben aus sechzig Jahren und einem Tag in sich vereint. Eine Verfechterin der biologischen Aufrichtigkeit. Sie möchte niemanden hinters Licht führen, was das Verhältnis zwischen ihrem Aussehen und ihrem Alter betrifft, aber vielleicht will sie auch nur sich selbst nicht täuschen.

»Dorotea Samuelson. Ich wurde vor dreiundsechzig Jahren in Buenos Aires geboren, lebe aber schon seit Langem in Barcelona. Ich gebe Seminare. In Anthropologie. Glaube ich zumindest.«

»Sie glauben es nur?«

»Es geht um die Grenzen zwischen philosophischer und kultureller Anthropologie, das kommt ganz darauf an, wie man die Anthropologie des Seins oder der menschlichen Natur betrachtet. Die Grenzen der Anthropologie – das ist hier die Frage. Damals, in meiner Heimat, war das der Ausgangspunkt für meine Leidenschaft. Buenos Aires ist meine Vergangenheit, das glaubte ich zumindest lange, aber gelegentlich gewinnt die Vergangenheit Aktualität, befällt die Gegenwart, die Gegenwart als Inquisition, von der Sciascia spricht. Ein italienischer Schriftsteller, kein Anthropologe. Ein Teil von uns ist für immer in der Vergangenheit zurückgeblieben. Und manchmal ist das der wesentliche Teil.«

Carvalho sprach zu sich selbst, während er den langen, auf den einen oder anderen Komplex verweisenden Rock von Señora Samuelson betrachtete.

»Welcher Teil seiner Vergangenheit ist die Heimat eines Mannes?«

Dorotea glaubte, er hätte sich an sie gewandt.

»Haben wir Frauen kein Recht auf diese Frage?«

Carvalho sah sie mit einer Mischung aus Sympathie und reservierter Gleichgültigkeit an.

»Doch. Frauen auch. Ich gestehe den Frauen ein ebenso gutes oder schlechtes Gedächtnis zu. Und sogar eine größere Fähigkeit, es zu manipulieren.«

Dorotea Samuelson kniff ihre grünen Augen zusammen.

»Vor allem es zu manipulieren, nicht wahr? Saint-Exupéry schrieb einmal, dass unsere Heimat das Land der Kindheit ist. Das ist richtig, aber nur teilweise. Meine Heimat ist weder das Mädchen, das ich einmal war, noch die Erinnerung an meine Eltern, noch die Zeit, als ich mit meinem Exmann Rocco zusammenlebte, noch das Militär, als es mich verschwinden ließ. Vielleicht ist meine Heimat ein Augenblick, ein Augenblick, an den ich mich nur sporadisch und dann sehr flüchtig erinnere. Er streift mich wie der Flügel eines Engels, wie ein Blatt, viel zu leicht für die Stürme in meinem Inneren. In *Citizen Kane* nennt Orson Welles diesen Moment ›Rosebud‹. Vielleicht ist meine Heimat auch die Erinnerung an einen Jungen, in den ich einmal unsterblich verliebt war. Man ist immer nur vierundzwanzig Stunden unsterblich verliebt; dummerweise wurden daraus vierundzwanzig Jahre. Ein ganzes Leben. Aber eigentlich wollte ich Ihnen von einer winzigen Episode aus dem Leben meines Exmannes erzählen, von Rocco. Nachdem man mich verhaftet hatte, lebte er mehr oder weniger im Untergrund. Und es gab eine Frau in seinem Leben. Es schien für die Ewigkeit zu sein. Eine von Roccos Schülerinnen, bildschön, sie wollte Hollywoodstar werden, aber dann ...«

Sie zögerte, ob sie lieber etwas anderes sagen oder den Satz beenden und konkret werden sollte.

»Dann was?«

»Sie wäre beinahe Emmanuelle geworden.«

»Emmanuelle?«

»Können Sie sich nicht an Emmanuelle erinnern? Haben Sie hinter dem Mond gelebt? Diese Frau aus Erotikromanen und Pornos, Softpornos. Die Schülerin meines Exmannes, Rocco war drauf und dran, die argentinische Emmanuelle zu werden.«

Schlagartig kehrten Carvalhos Erinnerungen zurück und mit ihnen der Korbsessel, in den sich die Nacktheit der ersten Emmanuelle geschmiegt hatte. Sylvia Kristel. Die argentinische Emmanuelle musste der Kristel ähnlich sehen, die gleichen langen, eleganten Beine haben, denselben erstaunten Gesichtsausdruck eines Mädchens, das sich wundert, zu welchen Perversionen es fähig ist, und bestimmt hatte auch sie mit entblößten Brüsten und einer langen Zigarettenspitze im Mund posiert. Er hatte das Bild einer Glasperlenkette vor Augen – oder waren es echte Perlen gewesen? –, die von einer der kleinen, runden, perlmuttfarbenen Brüste gehalten wurde, einer Brust mit einem dunkelrosa Rüssel, einer jugendlichen, noch von keiner Lippe und keinem Zahn traktierten Brustwarze.

»Was war mit der argentinischen Emmanuelle?«

»Ich weiß es nicht. Genau darum geht es. Man hat mich gebeten, sie zu suchen, hier in Spanien, wohin sie Ende der siebziger oder Anfang der achtziger Jahre gegangen ist. Sie schien auf der Flucht zu sein, jedenfalls waren die Umstände ihrer Abreise sehr mysteriös. Offenbar wurde sie verfolgt, vermutlich hatte es etwas mit der Diktatur zu tun, obwohl der harte Kern derjenigen, die vor der Repression flohen, in dieser Zeit bereits das Land verlassen hatte. Sie muss um 1980 herum hierhergekommen sein.«

»Wer hat Sie gebeten, sie zu suchen?«

»Das kann ich Ihnen nicht sagen.«

Es war nicht das Einzige, was sie ihm nicht sagen konnte oder wollte, sie sprach lediglich von einer sicheren und einer weniger sicheren Spur in Barcelona.

»Die sichere?«

»Eine Schwester von Helga – Helga ist der Name des Mädchens, das Emmanuelle sein sollte – lebt hier. Ihr Mann, ein leitender Manager eines internationalen Unternehmens, zog aus beruflichen Gründen nach Barcelona. Vielleicht weiß sie, wo sich Helga herumgetrieben hat.«

»Warum gehen Sie nicht einfach zu dieser Schwester und fragen sie?«

»Das kann ich aus bestimmten Gründen nicht tun. Was die unsichere Spur betrifft, hat diese etwas mit einem argentinischen Theaterregisseur zu tun, der hier in Barcelona arbeitet und Helga zu Beginn ihrer vermeintlichen Karriere begleitet hat. Die beiden Hinweise kann ich Ihnen geben: die Schwester und der Regisseur, Alfredo Dieste. Er war drüben ziemlich angesagt, hier kommt er kaum über die Runden.«

Wie sollte er eine Frau suchen, die ihre Wurzeln in einem anderen Land hat? Wer oder was garantierte ihm, dass sie nicht längst wieder in Buenos Aires war? Wenn Dorotea Samuelson nicht gerade einen ihrer schwammigen Sätze vom Stapel ließ, stellte sie Fragen.

»Was wissen Sie über Buenos Aires?«

»Das ist lustig. Dieselbe Frage hat mir vor Kurzem mein Onkel gestellt. Er hat fast sein gesamtes Leben in Argentinien verbracht und möchte jetzt von mir, dass ich hinfliege und einen Sohn von ihm suche, der offenbar verschwunden ist. Pepiño, was weißt du über Buenos Aires? Und ich habe ihm dasselbe geantwortet wie jetzt Ihnen: Maradona, Tango und Verschwundene.«

»Nicht schlecht für einen Galicier, wie wir dort alle Spanier nennen. Zumindest erinnern Sie sich noch an die Verschwundenen. Ich war eine von ihnen, und ich konnte mich im letzten Moment davor retten, für immer zu verschwinden. Diese Erfahrung hat mein Leben zerstört. Als ich wieder frei war, war meine Ehe kaputt und meine akademische Laufbahn beendet. Ich hatte gerade noch Zeit, die brasilianische Grenze zu überqueren, zusammen mit den Touristen, die auf dem Weg zu den Wasserfällen von Iguazú waren. Hin und wieder kehre ich nach Buenos Aires zurück, aber die Stadt ist leer: leer von der damaligen Zeit, meinen Hoffnungen, meinen Freunden, den verschwundenen Freunden, von mir selbst. Weder Vergeben noch Vergessen.«

Aus den verborgensten kulturellen Schichten seines Gedächtnisses stieg Margarita Nelkens wütender Aufschrei gegen die Franco-Diktatur empor: *Weder Vergeben noch Vergessen,* eine schöne Losung, die ebenso viel Aufmerksamkeit verdient hätte wie das *No pasarán* der Pasionaria. In Biscuters Beisein, der gerade mit einem Korb voll Spinat und Makrelen vom Mercado de la Boquería zurückgekehrt war, um die Fische später in einem Fond aus Gemüse und frischem Knoblauch im Ofen zu schmoren, vereinbarten sie einen Termin mit dem Komödianten Dieste. Ausgehend von der neuen Satzung, die sie sich als assoziierte Ermittler gegeben hatten, lieferte Carvalho seinem Partner eine kurze Zusammenfassung der Lage.

»Klasse Aussichten. Ich kann Ihnen unzählige Kontakte zur Welt des Rampenlichts vermitteln.«

Biscuter wartete, bis sich Carvalhos Erstaunen gelegt hatte.

»Sie schließen täglich hier ab und gehen nach Vallvidrera. Ich bleibe, bin immer geblieben und verbringe unzählige Stunden allein in diesem Loch dahinten. Und ich liebe es, ins Theater und in Tanzlokale zu gehen. Wussten Sie, dass ich mir jahrelang ein paar Peseten dazuverdient habe, indem ich bis zum Morgengrauen als Kellner im Buena Sombra, im Bagdad oder im La Dolce Vita ausgeholfen habe?«

Carvalho musste dringend an die frische Luft, diese unzähligen Biscuters loswerden, die sich im Büro, in der winzigen, mit einem Vorhang abgetrennten Küche, in dem schäbigen Zimmer, in dem die Missgeburt zwanzig Jahre lang gehaust hatte, wie Milben vermehrten. Und das alles nur vorübergehend. Seit zwanzig Jahren. Ihm fielen Biscuters Beleidigungen ein: »Ich kenne Ihre Neigung, Probleme auszusitzen oder so lange zu warten, bis die auf diesem Schreibtisch oder in Ihrem Hirn angehäuften Probleme Sie vergessen haben.«

Er durchquerte das Barrio Chino, konnte die Leere der von den Bulldozern eingerissenen Straßenzüge fast mit den Händen greifen, nach dieser gnadenlosen Zerstörung des Labyrinths, das früher einmal die Lendengegend der Stadt gewesen war. Sogar die Literatur hatte ihren Raum auf einem Platz beansprucht, der einem gewissen André Pieyre de Mandiargues gewidmet war – für sein einziges Verdienst, einen Roman in der Calle de Escudillers verfasst, mit Nutten ein *meublé* in der Calle Barberá aufgesucht und in der Calle Leopoldo gespeist zu haben. Dagegen hatte man den Block, das Gebäude und das Treppenhaus abgetragen, wo Joaquín Marco das Licht der Welt erblickt und sein gesamtes Leben verbracht hatte, ein Dichter, den Carvalho kennenlernte, als sie am Brunnen der Plaza del Padró Schlange standen. Hubschrauber fliegen vorbei. Wahrscheinlich räuchern sie die Bakterien der Erinnerung mit Modernität aus. Im Casa Leopoldo blättert Germán in aller Ruhe ein Album mit vergilbten Fotos durch, und seine Tochter Rosa erzählt Carvalho, dass sie soeben aus Buenos Aires zurückgekehrt ist, wo sie ihre Freundin, die Schauspielerin Cecilia Rossetto, besucht hat. Buenos Aires, knurrt Carvalho. Buenos Aires, knurrt er noch einmal.

3 Wer kann einen Penner bloß so hassen?

Die morgendlichen Metro-Reisenden bildeten einen Kreis um die am Boden liegende Leiche, deren Scheitel und Füße unter einem Haufen aus Pappkartons hervorschauten, und versuchten das Bild dieses verpackten Todes zu vervollständigen. Die Polizei unternahm alles, um die Schaulustigen auf Distanz zu halten, und Inspektor Lifante wartete ab, bis sich die Vorhut der Gaffer weit genug zurückgezogen hatte, bevor er das Leichentuch aus Karton aufdeckte. Das Bild nahm Gestalt an. Eine korpulente, grauhaarige Frau mit urzeitlichem Schmutz auf ihren bis hinauf zum Geschlecht nackten Beinen, umringt von Plastiktüten voller Müll, die typische Komposition aus Elend, wie sie Obdachlose umgibt.

»Warum musste die arme Frau sterben?« Die Worte von Lifante, Eierkopf, wie er von seinen Kollegen genannt wurde, verrieten keinerlei Gefühlsregung.

»Mit diesen Pennern nimmt es meist ein schlimmes Ende, Lifante«, bemerkte ein Zivilpolizist.

»Täglich gibt es mehr Clochards. Mehr von diesen armen Hungerleidern. Wie viele Stiche?«, fragte Lifante den düsteren Souffleur.

»Zwölf oder dreizehn, da hatte jemand wohl richtig Spaß. Das Messer ist bis zum Heft eingedrungen. Der letzte Stich hat ihr Herz erwischt, und manche gingen nacheinander in dieselbe Stelle, als wären es zwei Täter gewesen.«

»Sämtliche Details bleiben unter uns. Wer kann einen Penner bloß so hassen?«

»Ein anderer Penner«, antwortete der Polizist, offenbar ein Experte, was Obdachlose betraf.

Lifante ging in die Hocke, um die zerlumpte Leiche näher in Augenschein zu nehmen, berührte sie jedoch nicht.

»Niemand wird als Penner geboren. Hinter dieser Frau steckt eine Geschichte. Ein Name. Wurde sie schon identifiziert?«

»Nein, sie hatte kein einziges Dokument bei sich, nichts, was uns irgendwie weitergeholfen hätte. Sie muss schon eine ganze Weile unter den Kartons gelegen haben, die Leute haben vermutlich gedacht, sie würde schlafen. Nicht mal das getrocknete Blut um sie herum ist irgendwem aufgefallen. Wahrscheinlich glaubten alle, es sei Schmutz, was da unter den Kartons zum Vorschein kam. Ist nicht die erste Leiche eines Obdachlosen, die eine halbe Woche unter Kartons gelegen hat.«

»Woher weißt du so viel über Obdachlose?«

»Ich war schon unter Contreras dabei, Ihrem Vorgänger. Am Schluss hatte er die merkwürdige Vorstellung, die Polizei der Zukunft müsse sich spezialisieren, und ich wurde damit beauftragt, mich um die neuartigen Formen sozialer Ausgrenzung zu kümmern. Irgendwo habe ich gelesen, dass eine neue Form der Armut mit kriminellen Folgen auf uns zukommt.«

»Penner stehen für die alte Armut. Erkundigt euch bei anderen Obdachlosen, die sich gewöhnlich hier auf diesem Bahnhof herumtreiben. Oder bei allen anderen. Penner sehen für mich alle gleich aus. Wie Chinesen. Geht Ihnen das auch so, Celso?«

»Die von hier haben sich aus dem Staub gemacht, und wenn wir doch einen finden, dann will er nichts gesehen haben und weiß von nichts. Wird wohl jemand eine offene Rechnung beglichen haben. Die können ganz schön grausam sein, aus Gründen, die anderen banal vorkommen.«

Lifante erhob sich.

»Die Codes, Celso, die Codes. In ein und derselben Gesellschaft gibt es eine Unzahl von Codes und Zeichen. Jeder Mensch ist ein Zeichensystem, deshalb sollten wir beim

Entschlüsseln menschlicher Botschaften immer die Semiologie hinzuziehen.«

»Das mit der Semiologie wird man Ihnen wohl so schnell nicht austreiben.«

Lifante führte den kleinen Trauerzug mit der Bahre der ermordeten Obdachlosen an. Er bahnte sich einen Weg durch die Zuschauer, atmete angestrengt, als bekäme er nicht genügend Luft, und stieß die Neugierigen, die ihm den Weg versperrten, unsanft zur Seite.

»Platz da, oder war die Tote vielleicht eine Angehörige von Ihnen?«

»Ein Anruf aus dem Präsidium.«

Lifante nahm das Handy, das ihm sein Assistent hinhielt. Er lauschte der Mitteilung und maß ihr wachsende Bedeutung bei, lieferte den wartenden Polizisten jedoch keinerlei Erklärung, nachdem er aufgelegt hatte, sondern wandte sich wieder dem Düsteren zu.

»Mehr denn je. Absolute Diskretion, was die Details angeht, und eine präzise Untersuchung der Hintergründe und Umstände.«

»Doch nicht einfach nur ein weiterer Penner?«

»Vielleicht nicht.«

Lifante verließ die Metro-Station Urquinaona und verzichtete darauf, in den Streifenwagen zu steigen. Mit großen Schritten machte er sich zum Polizeipräsidium in der Vía Layetana auf, dicht gefolgt von dem hinkenden Bettlerexperten. Vor den Anbauten des Palau de la Música Catalana blieb er stehen und zeigte sie seinem Knappen.

»Hier haben wir ein hervorragendes Beispiel für die Integration zeitlicher Gegensätze innerhalb derselben Botschaft eines Gefäßes und derselben Funktion seines Inhalts.«

Der Vagabundologe sah zum Himmel auf, nicht weil er dort nach einer Erklärung suchte für das, was sein Chef da sagte, sondern um ihm zu entkommen. Aber es gelang ihm nicht.

»Folgen Sie mir, Cifuentes.«

Er führte ihn zum Seiteneingang des Palau.

»Wenn hier nicht so viele Schaulustige wären, würde ich mich sofort auf den Boden werfen, um die Harmonie zwischen vertikalem Verlauf und Barock zu bestaunen, die das Zeichensystem des katalanischen Jugendstils charakterisiert. Haben Sie den Mut, sich gemeinsam mit mir hinzulegen?«

»Man könnte uns verhaften.«

»Wenn uns die Polizei verhaftet, verhaften wir uns selbst, schließlich sind wir uns im Klaren, dass wir Polizisten sind. Oder etwa nicht?«

»Doch, absolut.«

Sie legten den Rest des Weges zum Polizeipräsidium zurück, und nachdem sich Lifante von seinem Assistenten getrennt hatte, machte er sich zu den oberen Büroräumen auf, wo ihn eine Besprechung unter dem Vorsitz des Beauftragten der katalanischen Regierung erwartete. Sie plauderten in aller Ruhe über Fußball und konzentrierten sich erst dann ein wenig, als ihn der Polizeipräsident über den Grund des Treffens informierte.

»Wir haben eine vertrauliche Mitteilung erhalten. In der Metro-Station Urquinaona ist eine ermordete Obdachlose gefunden worden.«

»Von da komme ich gerade.«

»Laut Mitteilung soll es sich um kein gewöhnliches Verbrechen handeln. Sagen wir so, es könnte eine politische Überdimensionierung entstehen.«

»Eine politische Neusituierung des Falles«, verbesserte ihn der Regierungsbeauftragte.

»Ich sehe es eher als eine Überdimensionierung.«

Der Polizeipräsident beharrte auf seiner Meinung, und Lifante glaubte, eingreifen zu müssen.

»Lassen Sie uns doch darauf einigen, dass der Fall auf politische Verstrickungen hindeutet.«

Der Polizeipräsident und der Regierungsbeauftragte sahen sich an, um den Konsens zu besiegeln.

»Richtig.«

»Welche Einstellung? Damit die Botschaft vollständig ist, muss man wissen, welche politische Einstellung hinter den Verstrickungen steckt. Auf diese Weise erfährt man etwas über den Zweck der vertraulichen Mitteilung und kann entscheiden, ob sie glaubwürdig ist oder ob es sich lediglich um das handelt, was wir in der Kommunikationstheorie als mediales Rauschen bezeichnen.«

Der Regierungsbeauftragte wurde nervös, der Polizeipräsident kategorisch.

»Überprüfen Sie das Rauschen, Lifante. Unser Vertrauter meint, ein gewisser Dieste, ein Spinner, der sich dem experimentellen Theater verschrieben hat, könne uns vielleicht weiterhelfen. Wir wissen, wo er sich aufhält. Die Obdachlose hieß offenbar Helga Singer, Palita für ihresgleichen. Was den Fall angeht, äußerste Diskretion, denn unser Informant hat den Geheimdienst eines anderen Landes in die Angelegenheit hineingezogen, Argentinien, um genau zu sein.«

»Gibt es irgendeine Garantie für die Vertraulichkeit der Mitteilung?«

»Er hat einen Code genannt, der laut Inspektor Contreras, den wir angerufen haben, aus der Zeit stammt, als Teile des Geheimdienstes des ehemaligen spanischen Regimes mit denen aus Lateinamerika kooperiert haben.«

Lifante stieg in den Wagen und konnte gerade noch verhindern, dass der Fahrer das Blaulicht auf das Dach setzte. Sie brauchten bloß der Vía Layetana zu folgen und nach der Villa Olímpica Ausschau zu halten.

»Hier kenne ich mich überhaupt nicht aus. Kommt mir vor wie eine andere Stadt, und das krampfhafte Bemühen, den Straßen diese dämlichen katalanischen Namen zu verpassen, verwirrt mich noch mehr.«

Schließlich fanden sie die richtige Hausnummer in der Avenida Icaria. Als sie schon aussteigen wollten, sah Lifante, wie Carvalho mit einer Frau an seiner Seite auf dasselbe Gebäude zusteuerte. Er hielt Celso zurück und presste sich tief in seinen Sitz, um nicht gesehen zu werden.

»Kennst du den Typ da, Cifuentes?«

»Sagt mir irgendwas.«

»Er war so was wie ein rotes Tuch für Contreras. Sie haben sich abgrundtief gehasst. Hatte mit ihrer Vergangenheit zu tun. Contreras hatte Francos Brigada Político-Social angehört, und Carvalho war eher ein Roter gewesen. Andere Zeiten. Vorgeschichte. Absolute Vorgeschichte.«

4 Das Paradox über den Schauspieler

Jedes Mal, wenn Carvalho einen Fuß in die sogenannte Villa Olímpica setzte, hatte er das Gefühl, eine Welt aus Papphäusern zu betreten, die von den Mitgliedern des Internationalen Olympischen Komitees ausgeschnitten und aufgestellt worden waren. Und doch zog ihn das neue Viertel an, es war ein Schauplatz, der mit Leben und menschlichen Marotten gefüllt werden konnte, der aber nach wie vor viel zu sehr von dem einen großartigen, absoluten Bezugspunkt abhängig war, dem Meer. Das Atelier, in dem Alfredo Dieste seine Proben abhielt, war nagelneu und hatte in Erwartung besserer Geschäfte fürs Erste eine kleine unabhängige Theatergruppe aufgenommen.

»Wir warten auf einen kleinen Zuschuss, um eine Post-Piazzolla-Show auf die Bühne zu bringen, eine Idee, die mir seit Astors Tod im Kopf herumschwirrt und von der ich ihm immer wieder erzählt habe, als wir uns in Paris über den Weg gelaufen sind. Ich sagte zu ihm: Du bist für den Tango, was der Äquator für die Geographie ist, es gibt ein Vorher und ein Nachher. Und ich zähle auf dich, Dorotea. Ich habe die Rolle einer alten Tangosängerin für dich vorgesehen, die am Schluss für die Moral der Geschichte zuständig ist.«

In der Tat, er hatte sich an Dorotea gewandt, die Carvalhos Überraschung bemerkte.

»Ich singe für mein Leben gern Tangos. Vielleicht aus anthropologischen Gründen. Nach all den Jahren bin ich überzeugt, dass er zum Wesen der Argentinier gehört, gesetzt den Fall, so etwas gibt es. Wir können diesen Teil unserer Kultur nicht einfach leugnen.«

Die Frau tat den lieben langen Tag nichts anderes, als Diagnosen zu stellen und zu zitieren. Um einem neuen Schwall von Zitaten zuvorzukommen, lenkte Carvalho das Gespräch auf die entscheidende Frage:

»Wir sind hier, um etwas über das Mädchen zu erfahren, das kurz davor war, Emmanuelle zu werden, die argentinische Emmanuelle.«

Dieste wechselte einen Blick mit Dorotea und schlüpfte in die Rolle eines Schauspielers, der sich an eine nebulöse Episode aus einer Vergangenheit erinnert, die strenggenommen nicht einmal die seine ist; eine Rolle, die einem skeptischen Carvalho und einer wegen seiner Theatralik amüsierten Dorotea galt.

»Die Argentinierin, die Emmanuelle spielen sollte ... Meint ihr Julia Alsogaray? Ah, nein, die sollte die Venus im Pelz werden.«

Dieste schwieg einen Moment.

»Ja, ich erinnere mich an die Argentinierin, die Emmanuelle sein sollte. Sie hieß Alma, ich meine Helga; Rocco hat sie mir vorgestellt, ich sollte etwas für sie tun, ihr den letzten Schliff als Schauspielerin geben. Ich war bereit, sie flachzulegen, aber nicht, ihr den letzten Schliff zu geben. Als Schauspielerin war sie ein heuriger Hase; heurig, aber untalentiert. Wir waren damals alle sehr unschuldig, und ich habe ihr Bücher von Stanislavsky, Strasberg, Piscator gegeben, auch von Jouvet, da ich in kultureller Hinsicht immer sehr pluralistisch eingestellt war. Und *Das Paradox über den Schauspieler* von Diderot.« Er lachte schallend auf. »Als ich ihr Diderots Essay in die Hand drückte, war sie sprachlos; sie starrte uns an, Rocco und mich, wie eine Schiffbrüchige in einem Meer aus Dummheit. Rocco, nein, Verzeihung, sie hat ihn immer Quino genannt, wahrscheinlich von Rocchino oder so ähnlich. Quino, diese dumme Gans!« Er imitierte ihre Stimme. »›Quino, was ist ein Paradox?‹ ›Eine Geschlechtskrankheit‹, antwortete ich an seiner Stelle. Dann erklärte ich es ihr: wenn man es schafft, andere zu rühren, ohne selbst gerührt zu sein. Aber sie war hartnäckig und schaffte es sogar, vor Publikum zu spielen. Armes Publikum. Das Publikum ist fast immer ein stinkendes, reaktionäres Arschloch, aber dieses armselige Mädchen hatte es nicht verdient. Ich habe die Szene noch deutlich vor Augen. Eine Bühne, Helga schlicht gekleidet wie eine Schauspielerin des Berliner Ensembles im Dienst fundamentaler Texte. Sie beginnt einen Monolog, ziemlich wortgewandt, obwohl ich das Schlimmste befürchtet hatte.«

Dieste schlüpfte vor dem verblüfften Carvalho und der vergnügten Dorotea in Helgas alte Rolle, gab seiner Stimme einen weiblichen Klang und ahmte ihren Monolog nach:

»›Ich soll Ihnen also von dem Paradox über den Schauspieler erzählen. Paradox? Was ist ein Paradox? Eine Geschlechtskrankheit, ein Parasit? Nein. Ein Widerspruch, sagen die Klassiker und die wenigen Klassikerinnen. Ich verstehe, das ist zu abstrakt. Ich will Ihnen ein Beispiel geben.‹«

Dieste nestelte an sich herum, als spielte er mit zwei nicht vorhandenen Brüsten.

»Sie knöpfte ihr Kleid auf, und zwei prächtige Titten kamen zum Vorschein. ›Hier habt ihr zwei Paradoxe!‹, rief sie aus. Sie improvisierte! Ganz so untalentiert, wie alle befürchtet hatten, war sie gar nicht! Rocco war verrückt nach ihr, verrückt nach diesem Körper, mit einer Leidenschaft, wie sie nur ein Fünfzigjähriger angesichts eines dämlichen Körpers empfinden kann.«

»Du bist doch nur verbittert, weil Rocco sie gevögelt hat und nicht du.«

»Er hat sie ja nicht mal gevögelt. Wir waren damals alle sehr platonisch drauf und achteten die Freiheit der anderen, und Rocco wollte dir treu bleiben, weil du in den Händen des Militärs warst. Es ist wahr, wir haben damals tatsächlich jungfräulich geheiratet. Ich darf doch für dich sprechen, Dorotea?«

»Solange du nicht für dich sprichst. Du hast ja nicht mal geheiratet.«

»Weil ich keine Jungfrau mehr war.«

Carvalho unterbrach den Austausch ihrer Erinnerungen.

»Was geschah mit Helga?«

»Sie machte Schluss mit Rocco, und zwar deshalb, weil sie zu ehrgeizig war und kapierte, dass er sich, politisch betrachtet, in einer ziemlich miesen Lage befand. Seine Frau war verschwunden, also du, Dorotea, und früher oder später würden sie auch ihn holen. Rocco hatte nichts anderes zu bieten, als das Versuchskaninchen ihrer Gefühle, ihrer Sexualität zu sein, und sie wollte Schauspielerin, besser gesagt, ein Star werden. Ihr Vorbild hätte gut Susana Jiménez sein können, so was in der Art. Deshalb hat es mich auch nicht sonderlich überrascht, als ich ihren Namen zwei Jahre später in den Klatschspalten las. Sie trat mit fünf anderen jungen Frauen bei einem Wettbewerb an, bei dem die argentinische Emmanuelle gesucht wurde, jede von ihnen in der bekannten Pose von Sylvia Kristel, halbnackt in einem Korbstuhl sitzend. Doch aus der Sache wurde nichts. Ich habe mich nicht weiter dafür interessiert, ich hatte eine Tournee vor mir und wollte die Gelegenheit nutzen, um nach Arbeit und einem sicheren Versteck außerhalb von Buenos Aires zu suchen. Das Militär war noch immer auf der Jagd, sie waren nervös, und diese Nervosität brachte dann später Gualtieris hirnverbrannte Idee mit dem Falkland-Krieg hervor. Sagtest du, Helga sei nach Spanien gegangen? Ich bin erst fünfundachtzig hier eingetroffen, und in den Kreisen unserer Landsleute hat sie sich damals nicht herumgetrieben, zumindest nicht in der Theaterszene. In Barcelona gibt es kaum Argentinier beim Theater, das findet fast nur auf Katalanisch statt. Aber denen werde ich es schon noch zeigen.«

Er beendete seinen Monolog, aber Dorotea gab sich nicht zufrieden.

»Du verschweigst etwas.«

»Was sollte ich denn verschweigen?«

»Ich weiß, dass du mehr weißt. Ich weiß, dass ihr irgendein Verhältnis hattet, hier in dieser Stadt.«

Dieste platzte der Kragen.

»Ich habe Verhältnisse, mit wem ich Lust habe! Das ist meine Privatsache! Welcher Idiot hat dir gesagt, dass ich Kontakt zu Helga habe?«

»Ich weiß, dass es so ist.«

»Na schön. Kommt mit einem Anwalt wieder, wenn ihr den Mumm dazu habt. Das ist doch eine Falle.«

Er kehrt ihnen den Rücken zu und tritt ab. Als Dorotea ihm wütend folgen will, hält Carvalho sie zurück und schlägt ihr vor hinauszugehen. Auf der Calle Icario bewegen sich ihre Körper spontan in Richtung der beiden fast gleich aussehenden Türme des Port Nou, um nach einer Weile den großen, das Hafenbecken umgebenden Marktplatz mit den Restaurants zu erreichen. Sie lassen sich auf den Stufen nieder und betrachten das Kommen und Gehen der Boote, diesen Protagonisten einer Gegend, die aussieht, als hätte man sie Stein für Stein, Boot für Boot, Liter Wasser für Liter Wasser, Schild für Schild aus einem modernen nordamerikanischen Hafen hertransportiert.

»Früher haben sich die Amerikaner europäische Denkmäler, Villen und Häuser geholt, um sie drüben wieder aufzubauen. Heute ist es umgekehrt. Das ganze olympische Barcelona, dieses neue Barcelona, sieht aus, als hätte man etwas zutiefst Amerikanisches hierherverpflanzt.«

»Ich bin Ausländerin und sehe das anders. Es ist mehr. Ich wohne in der Villa Olímpica, drei Straßen entfernt von dem Atelier, wo Dieste probt. Diese Gegend bietet eine andere Art des Lebens, zu dem auch die Erfahrung des Meeres gehört.«

»Der Ort hat kein Gedächtnis.«

»Das stimmt, er ist ein Teil der Stadt, der ohne Archäologie auskommen muss. Wie Argentinien. Wie ein Land, das erst durch seine Einwanderer zu einer Identität findet. In der Villa Olímpica leben Emigranten aus ganz unterschiedlichen Teilen Barcelonas, und aus dieser Mischung wird etwas Neues hervorgehen.«

»Aber ohne Gedächtnis.«

»Warum so stur? Hier entsteht ein neues Gedächtnis.«

Die Anthropologin verstummt, schaut aber den Detektiv prüfend an, als hingen sämtliche Falten ihres schönen, vorzeitig gealterten Gesichts davon ab, Carvalhos geheimen Code zu entschlüsseln. Als sie ihm gerade ihre Schlussfolgerungen mitteilen will, ertönt hinter ihnen eine männliche Stimme:

»Pepe Carvalho?«

Das Gesicht kommt ihm bekannt vor.

»Darf ich mich vorstellen? Inspektor Lifante.«

5 Die Polizei ist auch nicht mehr das, was sie mal war

Inspektor Lifante schlägt Carvalho vor, ein unzweifelhaft nordamerikanisches Restaurant aufzusuchen, in dem es jedoch nach gebratenen Sardinen riecht und wo die Garnelen mit Köpfen serviert werden, was eher unüblich für ein Yankee-Etablissement ist, wo man sie normalerweise still und heimlich enthauptet.

»Waren Sie schon mal in den USA, Lifante?«

»Ich habe einen Master in Kriminologie in Atlanta gemacht.«

»Dann wird Ihnen aufgefallen sein, dass die Fische dort keine Köpfe haben, genauso wenig wie die Garnelen.«

»Das ist wahr.«

»Zwei Möglichkeiten: Entweder sie benutzen die Köpfe als biochemische Waffen, oder sie wollen nicht das Gesicht von dem sehen, was sie essen. Vielleicht auch beides. Sie sagten, die Polizei habe sich verändert.«

Lifante nickt und richtet eine Salve scharfsinniger Blicke auf Carvalho, während er ihn an die Umstände erinnert, unter denen sie sich kennengelernt haben. Der Fall mit den anonymen Morddrohungen gegen einen Mittelstürmer.

»Sie waren ganz schön überrascht, als Sie erfahren haben, dass ich ein Experte auf dem Gebiet der Semiologie bin.«

»Ich muss gestehen, Sie kamen mir wie ein postmoderner Polizist vor.«

»Was soll das sein?«

So ganz im Klaren war sich Carvalho selbst nicht über das Konzept des Postmodernismus, aber er hatte den Eindruck, dass Postmoderne, bezogen auf einen Polizisten, auch Entideologisierung und Enthistorisierung bedeutete.

»Sie scheinen keine Ideologien zu haben und kein Teil der Geschichte zu sein.«

»In der Tat«, bemerkte Lifante. »Contreras, mein damaliger Chef, verfolgte eine Ideologie; er hatte am Bürgerkrieg teilgenommen, er hatte gewonnen und er war bei der Brigada Político-Social gewesen, zum Teil, weil es unter Franco obligatorisch war, sich dieser Prüfung zu unterziehen, wenn man bei der Polizei Karriere machen wollte. Deshalb hat die Chemie zwischen Ihnen und Contreras auch nicht gestimmt. Für meinen Chef waren Sie ein Roter. Im Gegensatz dazu habe ich Ihre Signale wahrgenommen. Ihr Code war der eines altmodischen, kauzigen, unwissenschaftlichen, in den Tag lebenden Ermittlers.«

»Sagen wir so: Meine politische Antipathie gegenüber Contreras hat sich in eine wissenschaftliche Geringschätzung Ihnen gegenüber verwandelt.«

»Sie besitzen Intuition, und ich vermute, Ihre Intuition hat Sie zu Dieste geführt – auf der Suche nach was?«

»Nach *wem*, ich suche immer nach jemandem.«

»Wenn Sie mich begleiten, erleichtere ich Ihnen die Arbeit.«

Er folgte Lifante zum Streifenwagen, wo Dieste sie erwartete und dabei laut vor sich hin schimpfte, wie viel Zeit man ihm stahl.

»Zum Institut.«

Der Wagen legte die Strecke zur Rechtsmedizin zurück wie ein Esel seinen täglichen Weg, ohne dass der Fahrer auch nur die geringste Eile an den Tag gelegt hätte. Dieste sah Carvalho vorwurfsvoll an und versuchte zum Ausdruck zu bringen, wie sehr es in ihm brodelte, aber obwohl sich der Detektiv durchaus für ein paar der Unannehmlichkeiten verantwortlich fühlte, denen der Schauspieler ausgesetzt war, konnte er seinen Blick nicht richtig deuten. Eine Tür nach der anderen öffnete sich vor Lifante, bis sie einen graugekachelten Saal mit mehreren leeren Bahren erreichten. Sie warteten, bis der zuständige Mitarbeiter einen sargähnlichen Kasten hervorgezogen hatte und ihnen – nachdem er sich überzeugt hatte, dass keiner der Neuankömmlinge ein Angehöriger der Verstorbenen war – das präsentierte, was er gerne Mumie nannte.

»Hier kommt Mumie acht.«

Und dort lag sie, eine Frau von etwa vierzig langen, schlecht gelebten, schlimmer noch, toten Jahren, gesäubert vom Blut, damit das vom Tod malvenfarbene, von einem subkutanen Gewebe aus schlimmsten Fetten geschützte Fleisch nur umso heller leuchtete. An einigen Stellen am Unterleib und an den Oberschenkeln vermischten sich die Dellen der Orangenhaut mit den Wunden der Messerstiche.

»Helga Singer?«

Lifante hatte die Frage an Dieste gerichtet, aber weder seine Augen noch sein Mund lieferten irgendeine Antwort.

»Erinnert diese Frau Sie wenigstens an Helga Singer?«

»Ja. Das könnte ihr Gesicht sein. Aber die Frau hier ist ein Monster, das ist nicht die Helga, die ich vor fünf, sechs Jahren das letzte Mal gesehen habe.«

»Besser bekannt als die Palita, wie sie von ihren obdachlosen Kollegen genannt wurde. Haben Sie Helga Singer gesucht?«

Diesmal galt die Frage Carvalho.

»Ich habe das Mädchen gesucht, das Emmanuelle sein sollte.«

Lifante zuckte mit den Achseln und informierte sie auf dem Weg zum Wagen über das weitere Prozedere: die Suche nach der Identität des Opfers anhand von Dokumenten oder der DNA. Der Assistent nickte, als machte er sich im Geiste Notizen. Hatte sie irgendwelche Familienangehörige in Spanien? Dieste wusste es nicht. Carvalho schon, aber er schwieg.

»Tag der offenen Tür. Wenn Sie wollen, gestatte ich Ihnen, dem Verhör einiger Obdachloser beizuwohnen, die wir vorgeladen haben.«

Dieste lehnte dankend ab. Carvalho betrat das Polizeipräsidium und verspürte sofort wieder diese Unruhe aus jungen Jahren, als er wegen der Beteiligung zu illegalen Studentendemonstrationen die ersten Male verhaftet worden war.

Als hätte sie eine Agentur gebucht, stieß er auf eine ganze Musterkollektion von Obdachlosen, angefangen vom Arbeitslosen mit dem Gesicht eines Büroangestellten, der betteln musste, um seine Kinder zu ernähren, bis zur alten, Kartons und Katzen hortenden Frau. Es gab den Halbwüchsigen, der nicht auf eigenen Beinen, sondern auf denen seines unter Drogen stehenden Hündchens stand, die hochschwangere Zigeunerin mit einem Baby auf dem Arm, dem wahrscheinlich dieselbe Droge verabreicht worden war wie dem Hund, den mondblassen Mann, der nachts Container durchwühlte, und den vom Herumstreifen auf den schönsten städtischen Deponien braungebrannten Müllsammler.

»Kannte einer von Ihnen die Palita? Weiß einer, wie sie wirklich hieß?«, fragte Lifante in die Runde und wandte sich dann mit kalter Wut an seine Mitarbeiter. »Wie kann es sein, dass Obdachlose nirgendwo erfasst sind?«

»Weil täglich mehr dazukommen«, erwiderte der Experte.

»Aller Altersstufen«, bestätigte ein anderer.

»Das einzige öffentliche Gut, das in diesem Land Bestand hat, ist die Bettelei«, sagte Lifante. »Sie kannten die Palita also nicht?«

Er gab einen Befehl. Das Licht wurde gelöscht, und auf der schmutzig-weißen Wand des Büros erschien die Projektion des Gesichts der Leiche, aufgedunsen von Todesangst, vom Tod selbst. Plötzlich ertönte die Stimme eines Bettlers in der Dunkelheit.

»Wenn Sie ihre Fotze zeigen würden, könnte ich sie vielleicht erkennen. Ich kenne die Fotzen von allen Bettlerinnen dieser Stadt.«

»Reißt das Maul auf, aber hat noch nie im Leben eine geleckt.«

»Warum sollte ich so eine Alte lecken? Hast du schon mal eine Pennerin gesehen, die dir den Hosenschlitz aufmacht, nur weil du sie anschaust?«

»Ich brauch sie nur anzuschauen, und sie blasen mir einen.«

Lifante wartete ab, bis sich die Penner abreagiert hatten, dann knöpfte er sich den vor, der nichts gesagt hatte.

»Wie heißen Sie?«

»Cayetano.«

»Kannten Sie die Palita?«

»Die auf dem Foto kenne ich nicht.«

»Aber die Palita haben Sie gekannt?«

»Privatangelegenheit.«

Lifante platzte der Kragen. Voller Ekel packte er Cayetano am ungepflegten Bart und schüttelte ihn hin und her.

»Du Wichser hast überhaupt keine Privatangelegenheiten. Du erzählst mir jetzt, was du über Palita weißt, oder du bleibst hier und darfst dir eine Woche in die Hosen scheißen.«

Lifante erinnerte sich, dass Carvalho der Szene beiwohnte. Er warf ihm einen drohenden Blick zu: *Verschwinden Sie.* Carvalho verließ den Raum, spürte aber, wie der Inspektor ihm folgte. Er drehte sich um und blickte direkt in das strenge, kahle, eiförmige Gesicht mit den forschenden Augen.

»Habe ich Sie in Ihren Gefühlen verletzt?«

»Wenn ich Orte wie diesen betrete, lasse ich meine Gefühle draußen. In Hospizen und Leichenschauhäusern geht es mir ähnlich.«

Lifante trat etwas zu dicht an ihn heran.

»Fassen Sie mich ja nicht an. Das war Contreras' Stil.«

»Dann lernen Sie, mich zu respektieren, ohne dass ich Sie am Kragen packen und Ihnen die Luft abschnüren muss. Ich kann ziemlich ungemütlich werden. Ich kann Sie fertigmachen. Ich weiß, wie das geht, praktisch und rechtlich, ohne das Gesetz zu brechen.«

Carvalho grüßte und ging. Er dachte über die Bestätigung seiner Theorie über die Polizeikultur nach. Sie nimmt weder zu noch ab, sie variiert lediglich im Dienst des immergleichen Verdachts, dass die Bürger entweder schuldig sind, es waren oder es eines Tages sein werden. Und das im Dienst der Herrschenden, wer immer das gerade ist, was immer sie gerade wollen. So fasste er es auch Dorotea in einem knappen telefonischen Bericht zusammen.

»Für mich ist der Fall abgeschlossen. Emmanuelle ist wieder aufgetaucht. Oder etwa nicht?«

»Darum ging es nicht. Man hat mich gebeten, dass Sie etwas über ihre lange Reise durch Spanien in Erfahrung bringen.«

6 Das Mädchen, das nicht Emmanuelle sein sollte

Die Hand, die nicht den Hut hielt, drückte die Tür auf, und hinter dem Rahmen, an seinem Schreibtisch sitzend, nahm Carvalho Gestalt an. In der Hand hielt er noch immer den Telefonhörer, der auf sein Gespräch mit Dorotea hinwies. Er schaute auf und blickte gleich wieder hinunter, um die wunderliche Erscheinung vor seinen Augen in vollem Umfang zu erfassen. Biscuter stand im Sonntagsstaat vor ihm, strich sich die Ärmel seines Sakkos glatt und rückte sich in Erwartung seines Urteils den Krawattenknoten zurecht.

»Schneiderei Modelo, zwei in einem. Sakko mit zwei gleichen, farblich zusammenpassenden Hosen, um sie abwechselnd zu tragen, damit sie nicht so schnell abnutzen. Ich bin ziemlich dürr, habe aber Plattfüße, und die Oberschenkel scheuern mir die Hosen durch.«

Biscuter hatte also auch Oberschenkel.

»Und der Hut? Warum so elegant, Partner?«

»Mir fehlt die Erfahrung eines Mannes von Welt, aber ich weiß, wie man um etwas bittet. Das Gesicht als Spiegel der Seele reicht nicht, auch die Kleidung beeinflusst die Stimmung der Menschen, mit denen man zu tun hat. Ein adretter Anzug und gutgeputzte Schuhe. Und ein Hut. Seit meiner Jugend trage ich gern Hüte. In Wahrheit habe ich gelogen, als ich sagte, ich sei kein Mann von Welt. Ich war es, bis ich mich hier einschloss, freiwillig natürlich, ich mache Ihnen keinen Vorwurf, Chef.«

Biscuter, offensichtlich in Laune, alte Erinnerungen heraufzubeschwören, nahm sich einen Stuhl.

»Ich war, ich wiederhole, *war* ein Mann von Welt. Weder Tag noch Nacht bargen Geheimnisse für mich. Ich klaute nur vom BMW aufwärts. Ich kann mich in jeder Welt zurechtfinden, in achtzig Welten.«

»Es reicht mir, wenn du dich in der Welt der Künste, des Theaters, des Films und des ausschweifenden Nachtlebens dieser Stadt zurechtfindest, wo du dich ja deiner Meinung nach so gut auskennst«, sagte Carvalho mit einer gewissen Ungeduld. »Merk dir diesen Namen, Helga Singer oder die argentinische Emmanuelle, und wenn du aus einer Künstlergarderobe oder einem Nachtlokal trittst und dir ein Clochard über den Weg läuft, dann frag ihn nach Palita. Was sagt dir die argentinische Emmanuelle? Dir ist bekannt, dass es eine ganze Reihe von Emmanuelle-Filmen gab. Es fing mit einer Holländerin an, später folgte die schwarze Emmanuelle, die asiatische, und so wie es aussieht, gab es auch einen Wettbewerb, bei dem die argentinische Emmanuelle gesucht wurde. Bei dem Wettbewerb haben sich junge Schauspielerinnen beworben, und ich will wissen, was aus einer von ihnen geworden ist. Aus Helga Singer, das war ihr Pseudonym. Mit richtigem Namen hieß sie Helga Muchnik.«

»Jüdin. Ich kann Ihnen jetzt schon sagen, dass sie Jüdin war. Sie haben mal ein Buch über Juden verbrannt, das Muchnik hieß.«

»Das war der Name des Verlags, und ich habe es aus dem einfachen Grund verbrannt, weil es ein Buch war. Ich will wissen, was aus Helga geworden ist. Sie war die Jugendliebe eines gewissen Rocco, und möglicherweise ist er es, der sie sucht, daher das Mitwirken von Dorotea Samuelson.«

»Ich werde sie finden, Chef.«

»Du kannst sie im Leichenschauhaus finden, da liegt sie. Sie ist tot. Ich will, dass du mir hilfst, ihr Leben zu rekonstruieren. Von dem Moment, als sie nach Spanien kam, bis zu dem, als sie in der Metro-Station Urquinaona aufgefunden wurde, niedergestochen.«

»Ah. Conditio humana! Wer sich nicht selbst helfen will, braucht nach seinem Tod die Hilfe der anderen, um sich selbst zu finden.«

»Konfuzius?«

»Nein, Chef, von mir.«

Ohne die Passanten oder die Straße eines Blickes zu würdigen, das Ziel fest vor den Glupschaugen, bewegte sich Biscuter über die Ramblas. Er bog in die Escudillers ein und ließ das Restaurant Los Caracoles hinter sich, wo auf einem Rost vor der Tür in aller Ruhe die Hähnchen vor sich hin brutzelten.

Er betrat ein Treppenhaus, das früher einmal mit Portier, Marmorstufen und bronzenem Geländer geprotzt hatte. Er vergewisserte sich, dass die Pförtnerloge leer war und niemand mehr dort saß, der seit dem letzten großen Krieg – dem in Korea zum Beispiel – tot war, stieg die trostlosen, altersschwachen Treppenstufen auf Zehenspitzen hoch, um ihnen keinen weiteren Schaden zuzufügen, und nahm sich in Acht, unter keinen Umständen das Geländer anzufassen, auf dem der fettige Schmutz unzähliger Hände eine Farbschicht hinterlassen hatte, der auch der allgemeine Verfall nichts anhaben konnte. An der Tür ein Porzellanschild: Gualterio Sampedro, Künstleragent. Drei Riegel wurden aufgeschoben, bevor sich die Tür mithilfe von Gualterio Sampedros langer, violett geäderter Nase öffnete.

»Kenne ich Sie?«

»Josep Plegamans Betriu, alias Biscuter. Wir sind uns im Knast begegnet, Gualterio.«

»Biscuter, was für ein bescheuerter Spitzname. Du musst ein ziemlicher Schwachkopf gewesen sein.«

Er öffnete die Tür, und Biscuter betrat ein Museum der archäologischen Fotografie. Auf dem Tisch und an den Wänden Hunderte von Schnappschüssen alter Schauspieler oder Leuten, die es zu sein schienen. Auf Biscuters

Gesicht lag ein seltsam verschwörerisches Lächeln. Der alte, schlechtgelaunte Mann, dessen Ohren von genauso vielen Äderchen durchfurcht waren wie seine Nase, schaute wie ein cholerischer Hund auf, um den Eindringling zu mustern. Biscuter sang:

> Ich hab die Nacht in einem Traum verbracht,
> und dieser Traum erzählte mir von Liebe,
> der Liebe zu dem göttlichen Bild,
> das ich einst in meinem Herzen trug.

»Haben die Verrückten heute Freigang?«
Biscuter öffnete die Arme.
»Gualterio!«
Der Mann lehnte sich in seinem Sessel zurück und stoppte mit einem Arm Biscuters Avancen.
»Sie kriegen keinen müden Heller von mir. Ich habe meinen Gläubigern bereits gesagt, dass sie mich so lange nicht nerven sollen, bis Argentinien seine Auslandsschulden bezahlt hat und Barcelona die Hauptstadt von Deutschland ist. Wenn die argentinische Regierung irgendwem Geld schuldet, dann kann ich das auch.«
»Der Schnee der Zeit färbte meine Schläfen silbern, aber erkennst du mich wirklich nicht? Erinnerst du dich nicht an Biscuter? Die Tortillas, die ich im Gefängnis von Lérida für dich gemacht habe, als du wegen Schmuggelei gesessen hast? Die Julepe-Partien in Madame Victorias Haus in Andorra? Der Hurenbock aus der Pampa, wie ihr mich nanntet, weil ich meine Rute gefaltet reingesteckt und erst nach dem dritten Fick wieder rausgezogen habe?«
Gualterio schien sich zu erinnern. Es gelang ihm. Aber es waren keine guten Erinnerungen.
»Gefaltet reingesteckt hast du ihn bestimmt nicht. Madame Victoria meinte, du hättest einen so Kleinen, dass es

kaum zu glauben ist. Das Klatschmaul. Du sahst aus wie eine gerade erst mit der Zange rausgeholte Missgeburt. Ich hatte noch nie einen Häftling gesehen, der weniger widerstandsfähig war als du. Hat es Antonio, der schwarze Muskelprotz, geschafft, dir den Arsch aufzureißen?«

»Nein. Weder er noch sonst einer. Trotz des schäbigen Milieus habe ich viele als gute Freunde in Erinnerung, auch Antonio, den schwarzen Muskelprotz, der sich geweigert hat, sich zu waschen, bis man ihn aus der Untersuchungshaft entlassen würde. Zu dem Zeitpunkt saß er bereits zehn Jahre in Untersuchungshaft.«

»Gute Freunde, Partys, geklaute Luxuskarossen, Puffs, Kartenspiele, nur ausgesagt hast du damals nicht für mich. Du hast mich nicht aus dem Bau geholt, als es um die Sache mit der Minderjährigen ging.«

»Dich aus dem Bau holen, ich? Aber wenn ich doch selbst um ein Haar in den Knast gewandert wäre, ohne dass ich irgendwas getan hätte! Außerdem war die Kleine elf Jahre alt, Gualterio.«

Gualterio machte eine Hundertachtzig-Grad-Drehung in seinem Sessel, und mit dem Rücken zu Biscuter fing er an, sich zu rechtfertigen:

»Sie war dreizehn, mit dreizehn ist eine Frau eine Frau. Was hast du da eben gesungen?«

»Hast du die Nacht in Madame Victorias Haus vergessen, als sie uns am Morgen mit diesem Lied weckte, dieser Zarzuela? Hast du das wirklich vergessen?«

»Ich erinnere mich. Was willst du sonst noch von mir?«

Biscuter ließ den Blick über die vielen Fotos der Toten ohne Grab schweifen. Er holte tief Luft, um sich Mut zu machen.

»Man sieht, dass es dir nicht schlecht ergangen ist und dass du aufgehört hast, Zigaretten und Duralex-Geschirr zu schmuggeln.«

»Keiner will mehr geschmuggeltes Duralex-Geschirr, und geraucht wird auch immer weniger. Aber du bist bestimmt nicht hier, um mich an diese trüben Zeiten zu erinnern.«

Biscuter dachte nach und lenkte das Gespräch auf eine konkrete Bestandsaufnahme ihrer gemeinsamen Erlebnisse in Andorra und im Gefängnis von Lérida, den Ausgangspunkten für die Schmuggelei des Argentiniers und Biscuters protzige Automarken. Was ihn zutiefst bewegte, ja sogar zu Tränen rührte, ließ Gualterio gleichgültig; genaugenommen, war er erst gelangweilt und dann genervt von der Situation. Der passende psychologische Moment für eine kleine Überraschung, folgerte Biscuter.

»Hast du schon mal von Helga Singer gehört, der argentinischen Emmanuelle? Eine Landsmännin von dir. Sie wollte Künstlerin werden und ist nach Barcelona gezogen. Zu der Zeit hast du bereits als Künstleragent gearbeitet.«

Gualterio drehte sich in seinem Sessel und sah Biscuter mit ernster Miene an. Er war nicht mehr gelangweilt. Auch nicht genervt. Selbst die kleinen Äderchen in seinem Gesicht waren blass geworden, und etwas Ähnliches wie Tränen schimmerte in seinen geröteten Augen auf.

»Und das fragst du mich? Wusstest du nicht, dass diese Frau mein Leben ruiniert hat?«

7 Warum nennst du deine Brüste Paradoxe?

Biscuter ist sprachlos, der Hut in seiner Hand hängt schlaff herab. Er schaut zu, wie sein Freund, der sich wieder erholt zu haben scheint, mehrere Fotoalben auf den Tisch legt, mit zitternden Händen langsam die großen Seiten umblättert und mit brüchiger Stimme einige der Wiederauferstehungen von Lebenden und Toten kommentiert, an die nur er sich erinnert.

»Die Lobita Mora hatte einen kleinen, vorspringenden Hintern, fast wie eine Stupsnase. Pepe el Gatero war genauso flink auf der Bühne wie bei seinen nächtlichen Einbrüchen. Das Klauen war lukrativer, aber mit der Zeit ließ er nach und landete im Knast. Schau mal, hier ist sie!«

Sieben Fotos von Helga Singer, zwei als argentinische Emmanuelle, die nach Spanien ausgewandert ist, aber noch immer im Korbsessel der Kristel sitzt; auf dem Rest die üblichen Posen, wie man sie aus Katalogen mit Künstlerfotos kennt.

»Die Fotos haben ja mehr Jahre auf dem Buckel als ich«, bemerkte Biscuter.

»Was hast du erwartet? Ich habe Helga bis 1980 vertreten. Das ist siebzehn Jahre her! Weißt du, was das heißt, siebzehn Jahre?«

»Wie kam es, dass sie nicht die argentinische Emmanuelle wurde?«

Gualterio nahm sich genauso viel Zeit zum Luftholen wie für seine Geschichte.

»Das Ganze war eine Inszenierung des Geschäftsführers von ein paar Kaufhäusern in Buenos Aires, in der Calle Corrientes, da wo sie auf die Callao stößt. Teils um Werbung zu machen, teils um die Mädchen ins Bett zu kriegen.

Das alles hat mir Helga erzählt, Jahre später, als sie neu in Barcelona war und hier in dieser Wohnung landete. Helga war eine Mischung aus Misstrauen und Sarkasmus. Sie hatte vor allem Möglichen Angst und lachte darüber, wie naiv sie gewesen war. Sie war mit diesem dürren, fast magersüchtigen Kerl im Bett gelandet. Bis auf den Schwanz war alles an ihm groß, sogar der Adamsapfel, an den sich Helga wie an eine riesige, bewegliche Geschwulst erinnerte. Nachdem sie es getrieben hatten, kuschelte sich Helga an ihn. ›Glaubst du wirklich, dass ich die Rolle bekomme?‹, fragte sie ihn. Und der Schwachkopf antwortete: ›Wenn du sie nicht bekommst, bekommt sie auch keine andere, das schwöre ich dir.‹ Geteiltes Leid sei halbes Leid, wandte Helga ein und zeigte ihm ihre Brüste: ›Magst du meine Paradoxe?‹ ›Warum nennst du deine Brüste Paradoxe?‹, fragte der Wolf, und Rotkäppchen antwortete: ›Das ist eine alte Geschichte. Wird Sylvia Kristel die Jury leiten? Glaubst du, ich passe in ihr Bild von Emmanuelle?‹ ›Du *bist* Emmanuelle. Wenn dich der Produzent vor Sylvia kennengelernt hätte, hätte er dich zu seiner Emmanuelle gemacht.‹ ›Gefallen dir meine Paradoxe?‹, fragte Helga ein ums andere Mal mit zärtlicher Stimme. ›So sehr, dass ich wünschte, du hättest mehr davon. Dann wärst du ein kleines Monster‹, sprach der Wolf. ›Ein lüsternes Monster.‹ An dieser Stelle wurde Helga sauer, denn sie war sehr eigen. Mit einem Satz sprang sie aus dem Bett und schlüpfte in den Morgenmantel, der über einem Stuhl hing. ›Was hast du?‹ ›Ich bin keine lüsterne Frau. Ich bin keine Nutte. Ich weiß, was ich will, das ist alles. Mein Tag wird kommen, so wie er für Marilyn Monroe gekommen ist. Weißt du, was Marilyn gesagt hat, als sie mit ihrer ersten großen Rolle Erfolg hatte? Sie sagte: Jetzt brauche ich den Produzenten keinen mehr zu blasen, um an eine Rolle zu kommen.‹ Die Arme, sie tat immer so stark, aber im Innersten war sie äußerst zerbrechlich. Dieser unverschämte Kerl hat sie verarscht. Sie hat sich an alles erinnert, genau da, wo du jetzt sitzt, Plegamans oder Biscuter oder wie immer du dich jetzt nennen magst. Sie lachte sich kaputt darüber, wie viel sie damals geweint hatte, als ihr dieses Arschloch zum Trost eine kleine Rolle in einem Film anbot, den er in der Pampa drehen wollte, die Rolle einer Nebendarstellerin in einem Film mit Mirtha Legrand in der Hauptrolle. Der Lustmolch wusste die Sache zu verkaufen: ›Die Kamera wird nur Augen für dich haben, Mirtha ist Schnee von gestern.‹ Aber Helga hatte das Drehbuch gelesen, ihre Rolle war ein Witz, gerade mal vier Sätze. ›Aber Mädchen, du bist eine Viertelstunde auf der Leinwand!‹, beharrte der dürre Lustmolch. Schau mal, Plegamans, hier habe ich noch den Zettel, den mir Helga gegeben hat und wo steht, was sie für ihre Rolle auswendig lernen sollte: ›Ich wollte Sie nicht beleidigen, aber Ihr Neffe ist nicht, was er zu sein scheint ... und auch ich bin nicht, was ich zu sein scheine.‹ ›Es reicht, Carlos! Die Zeit ist vorbei, als ich bereit war, an dich zu glauben und an alles, was du mir gesagt hast. Ich bin reifer geworden. Du nicht.‹ ›Das war das letzte Mal, dass du mich geschlagen hast! Wag das ja nicht noch mal ... oder ich werde dich töten!‹ ›Ja, ich war es. Ich bin es leid, mich zu verstellen. Auch meine Liebe war nur gespielt. Ihn zu töten war das einzig Wahre in unserer Beziehung.‹ ›Leben Sie wohl, Doña Sole. Ihr Neffe war nicht, was er zu sein schien. Ich bitte Sie nicht um Verzeihung, sondern um Ihre ... Aber das ist jetzt nicht mehr wichtig! Nichts ist mehr wichtig!‹ Kurz und gut, sie steckte sich die Paradoxe in den Ausschnitt und verpasste dem Lustmolch eine solche Ohrfeige, dass er fast aus den Latschen kippte. Aber das war nicht der Grund, warum sie Buenos Aires verlassen hat. Sie hat nie gesagt, warum, aber ich habe es geahnt. Sie war schwanger.«

»Schwanger? Von dem Lustmolch?«

»Von diesem Klappergestell? Der konnte ja nicht mal ein Kaninchen schwängern.«

»Okay, Gualterio. Das Mädchen kommt in dein Büro und fragt nach Arbeit. Hattest du was für sie?«

»Nein. Ich habe zu ihr gesagt: Entweder du zeigst deinen Arsch und deine Paradoxe, siehst zu, dass du auf eine vordere Seite in *Interviú* kommst und deinen Pass zeigst, wenn er verlangt wird, oder ich sehe keine Chance für dich. Sie antwortete, sie würde zeigen, was nötig wäre, und dass sie sich um eine kleine Rolle in einem Theaterstück eines Landsmanns bemühe, eine stumme Rolle, nein, den Akzent vom Rio de la Plata würde man ihr nicht anmerken.«

»War sie allein hier?«

»Das erste Mal schon. Beim zweiten und dritten Mal hat jemand am Eingang auf sie gewartet. Sie war jedes Mal runder, lustloser, unvermittelbarer. Sie hatte eine schwierige Schwangerschaft. Das letzte Mal habe ich sie um 1983 gesehen, vielleicht auch später. Sie arbeitete in Läden wie dem La Dolce Vita. Sie kam, um neue Fotos zu machen, und ich wollte sie nicht enttäuschen, aber mittlerweile war sie kaum noch fähig, ihre Paradoxe vorzuzeigen. Irgendwas war mit dem Mädchen geschehen, innerlich wie äußerlich.«

»Hat sie nie etwas über den Mann gesagt, der unten auf sie wartete?«

»Doch, hin und wieder.«

»Wie hieß er?«

»Quino, wahrscheinlich ein Teil eines Namens, aber ich weiß nicht, von welchem.«

Biscuter kehrte mit der Information zurück, ärgerte sich, dass er Gualterio nicht gefragt hatte, warum Helga sein Leben zerstört hatte, und stieß auf Carvalho, als der Detektiv gerade das Büro verließ. Was Carvalho an seinem Bericht am meisten interessierte, war das Auftauchen von Quino, also Rocco, und das drei Jahre nachdem Helga in Barcelona gelandet war.

»Vermutlich der Vater des Kindes, obwohl Dieste das bereits vorbeugend geleugnet hat. Aber was für ein Zufall, Biscuter. Man beauftragt mich, die Frau zu suchen, und fast im selben Moment taucht ihre Leiche auf. Vielleicht wusste die Person, die Dorotea gebeten hat, sie zu suchen, zu dem Zeitpunkt ja bereits, dass sie tot war oder dass sie sterben würde. Warum ist diese Frau so wichtig, so wichtig, dass eine Pennerin sterben muss?«

Er teilte Biscuter mit, dass er auf dem Weg zu Dorotea sei, weil die Frau mehr zu wissen schien, als sie preisgab, und sein zum Partner aufgestiegener Assistent stieg die Treppe zum Büro hinauf. Dabei pfiff er die Melodie, die das Gefühl seines Triumphs seiner Meinung nach am besten zum Ausdruck brachte, eine Biscuter'sche Fassung von *Pomp and Circumstance*. Er betrachtete das Büro als seines und Carvalhos Bürostuhl als unerlässlich für die Unterbringung seines kleinen Hinterns. Er kletterte auf den Stuhl und fing an, sich im Kreis zu drehen, als ihm plötzlich, während einer der Drehungen, die Gegenwart eines Mannes ins Auge stach, der ihn finster anstarrte und, was weitaus schlimmer war, auf ihn zielte. Und die Pistole war garantiert nicht aus Schokolade.

»Na, Alter, womit kann ich dienen?«

»Halt's Maul, Kleiner. Das ist eine Pistole.«

Biscuter gehorchte und bemühte sich, den Besucher so zuvorkommend wie möglich zu behandeln.

»Setzen Sie sich doch und warten Sie auf meinen Chef. Ich bin in Wirklichkeit nur sein technischer Gehilfe, das heißt, mir obliegt keinerlei kriminalistische Initiative, verstanden, Meister?«

Aus dem Mund des Pistolenhelden drang ein Grunzen, das einen Moment später artikulierten Worten wich.

»Was habt ihr Helga angetan? Ihr solltet sie doch nur finden, die Stadt und die Müllhalden nach ihr durchwühlen.«

Er zitterte, vor allem die Hand mit der Pistole. Biscuter fertigte im Geist eine Beschreibung des Mannes an – für den Fall, dass er überleben sollte. Ein rothaariger Kerl mit Säufergesicht. Unzureichende Beschreibung. Leicht pockennarbig und so argentinisch, dass Biscuter allmählich eine Masseninvasion von Argentiniern befürchtete. Auf einmal schien der Eindringling etwas zu hören, das nur er hörte, denn er blickte zur Decke, spitzte konzentriert die Ohren, drehte sich um und marschierte dahin zurück, woher er gekommen war. Biscuter atmete erleichtert auf und stürzte zum Fenster, um zu sehen, wie der rothaarige Typ das Haus verließ. Der Mann zögerte und wählte den denkbar ungünstigsten Zeitpunkt, denn in dem Moment, als er sich anschickte, die Ramblas zu überqueren, fuhr ihm ein Auto fast über die Füße. Der Wagen bremste ab, und eine Sekunde später stießen ihn zwei Typen mit Mütze und Sonnenbrille hinein. Es dauerte eine Weile, bis Biscuter begriff, dass es sich um keinen Streifenwagen handelte, und er versuchte erst gar nicht, sich das Nummernschild zu merken, das von einem Moment zum anderen zu einem unerbittlichen Sehtest für seine Augen geworden war.

»Ich werde blind.«

8 Der Glanz im Gras

»In der Literatur ist die Jugend fast immer ein dem Klischee verwandter Topos, ein Gemeinplatz, wobei dieser Ausdruck nie treffender war, denn bei der Jugend handelt es sich um eine Beziehung zwischen Raum und Zeit. Das Klischee der Hoffnung, der Zukunft, ein Trugbild, das Rubén Darío geholfen hat, eines seiner schlechtesten Gedichte und Wordsworth, eines der besten Gedichte der Weltliteratur zu verfassen: *Intimations of Immorality from the Recollections of Early Childhood*. Für diejenigen unter Ihnen, die kein Englisch verstehen, was vermutlich mit einer Frage des Temperaments zu tun hat: ›Anzeichen der Unsterblichkeit in den Erinnerungen an die frühe Kindheit‹. Wahrscheinlich haben die Cineasten unter Ihnen auch den Film *Fieber im Blut* gesehen, dessen Originaltitel *Splendor in the Grass*, also ›Der Glanz im Gras‹, einem Vers aus Wordsworth' Ode entstammt. Nein? Haben Sie überhaupt etwas außer Spielberg gesehen? Kaufen Sie sich das Video. Ich möchte, dass Sie eine vergleichende Studie zwischen dem abstrakten Universalismus des großen englischen Poems und dem in Gabriela Mistrals Gedicht vornehmen, das ich Ihnen vorgelesen habe, dem von den Mädchen, die spielen, sie wären Königinnen. Auch wenn es sich um Mädchen handelt, gilt die Aufgabe selbstverständlich auch für die jungen Männer im Seminar. Denken Sie an unsere Untersuchung von *Diesseits vom Paradies* von Scott Fitzgerald hinsichtlich der Erwartung, im Leben zu triumphieren. Ich betone noch einmal, Sie sollen keine Textanalyse, sondern eine typologische Analyse vornehmen und Beispiele von Mythologisierung herausarbeiten. Vergleichen Sie die Darstellung der Jugend in den genannten Beispielen mit dem, was ich Ihnen anhand einer Interpretation von Ziolkowskis *Entzauberten Bildern* über die narzisstische Enttäuschung im *Faust* oder im *Dorian Gray* erläutert habe.«

Sie erklärte die Lehrveranstaltung für beendet, und mehrere Studenten eilten zu ihrem Pult.

»Ich habe Gabriela Mistrals Gedicht noch nie so gelesen, wie Sie es gelesen haben, und wenn ich ehrlich sein soll, habe ich es nie ganz verstanden«, sagte ein blondes Mädchen mit großem Mund und hervortretenden Venen an den Schläfen.

»Ich fürchte, solange du nicht mein Alter erreicht hast, wirst du es auch nie ganz verstehen. Der Mythos der Jugend ist ein Betrug, in erster Linie ein Betrug an jungen Leuten, so wie das Versprechen, eine Königin zu sein oder im Leben zu triumphieren, wie bei der Figur in Fitzgeralds *Diesseits vom Paradies*.«

Dorotea verließ den Hörsaal und machte sich auf den Weg zu ihrem Büro, wobei sie von der jungen Frau begleitet wurde, die in einem fort auf sie einredete. Sie hörte ihr längst nicht mehr zu, während sie ein paar mechanische Worte mit der Kollegin wechselte, mit der sie das Büro teilte. Es gelang ihr, sich von einem Gespräch loszumachen, in dem sie über die Arschlöcher lästerten, die sämtliche männlichen Professoren für sie waren: konkurrenzorientiert, raumgreifend, immer nur an sich selbst interessiert. Die Studentin folgte ihr bis zu einem wartenden Taxi, in seinem Inneren ein Mann, der unentwegt auf seine Hände starrte. Auf dem Weg mussten die beiden Frauen an einem ungewöhnlich dicken Mann vorbei, so unglaublich fett, dass weder Dorotea noch das Mädchen es fassen und sehen wollten. Bevor Dorotea in den Wagen stieg, drückte sie der Studentin ein Buch in die Hand.

»Hier, das kannst du haben. *Entzauberte Bilder* von Theodore Ziolkowski; achte vor allem auf die Stelle, wo er von der Bedeutung des Spiegels für die Herausbildung oder

Auflösung des Bildes spricht, das wir von uns haben. Ein Spiegel verhindert nie den Lauf der Zeit. Er beschränkt sich darauf, ihn festzuhalten.«

Sie hatte es geschafft, die großmäulige Studentin zu überraschen, ja sogar verstummen zu lassen. Jetzt ließ sie sich neben Carvalho nieder und tat dasselbe wie er: seine Hände betrachten.

»Kennen Sie Ihre Hände nicht? Sehen Sie sie zum ersten Mal im Leben?«

Als hätte man ihn in einer kompromittierenden Situation erwischt, zog Carvalho schnell seine Hände weg. Das Taxi setzte sich in Bewegung, und in dem Moment sah Dorotea den dicken Mann am Fuß der Treppe, die zur Fakultät hinaufführte. Ihr Hals versteifte sich, ihre Augen waren gebannt von dem aggressiven, wissenden Blick des Dicken. Carvalho redete und redete.

»Helga kommt etwa um 1980 nach Spanien. Vergebliche Reise, vergebliche Karriere. Sie wird kein Star. Um dieselbe Zeit verlässt sie ihren Agenten in Barcelona – oder wird von ihm verlassen –, Gualterio Sampedro, ein Freund und ehemaliger Mithäftling von Biscuter, meinem Partner. Aber Sie haben mir nicht die ganze Wahrheit gesagt, Dorotea. Emmanuelle hatte ein Verhältnis mit Rocco, Ihrem Exmann. Zwischen 1980 und 1983 hat Gualterio die beiden gemeinsam gesehen. Hören Sie mir überhaupt zu? Was ist mit Ihnen?«

Dorotea hatte sich umgedreht, um sich keine einzige Bewegung des Dicken entgehen zu lassen, der immer weiter zurückblieb, mit der Entfernung kleiner wurde, aber mit den Schritten eines Dickhäuters weiter in ihre Richtung marschierte, als wollte er ihr zu verstehen geben, dass er ihr ohne Weiteres folgen könnte.

»Arschloch!«, schrie sie mit erstickter Stimme, worauf der Taxifahrer sie erstaunt im Rückspiegel musterte und dann fragend Carvalho anblickte.

»Was haben Sie?«, fragte Carvalho, aber Dorotea hatte sich schon wieder umgedreht, überrascht von Carvalhos Frage und der Nervosität des Fahrers.

»Wer ist ein Arschloch?«

»Ich musste an einen Politiker denken. Man sollte sie alle erschießen, am besten mit Pistolen und Maschinengewehren.«

Der Taxifahrer verdrehte den Oberkörper und starrte das seltsame Paar an.

»Keine Sorge«, versuchte ihn Carvalho zu beruhigen. »Natürlich nur mit einem Spielzeuggewehr.«

»Ich würde auch keinen einzigen Politiker am Leben lassen«, pflichtete der Taxifahrer ihr bei. »Die Dame hat völlig Recht.«

Aber Dorotea wollte nicht mehr Recht haben.

»Mögen Sie etwa keine Politiker? Ist Ihnen das Militär lieber?«

»Das habe ich nicht gesagt, Señora. Obwohl, was soll ich sagen, das Militär hat sich mit niemandem angelegt, der sich nicht mit ihm angelegt hat, und Franco hat auch Gutes getan.«

»Anhalten! Halten Sie sofort an!«, schrie Dorotea.

Der Taxifahrer fuhr an die Seite. Dorotea zog ein paar Scheine aus der Tasche und warf sie auf den Beifahrersitz. Ohne auf Carvalho zu achten, sprang sie aus dem Taxi. Er folgte ihr, während der Taxifahrer noch immer irgendwelche Rechtfertigungen über Francos Rolle in der Geschichte stammelte.

»Ich habe nie gesagt ...«

Dorotea lief den Bürgersteig entlang, als wäre sie allein unterwegs. Carvalho versuchte, sie einzuholen, was nicht einfach war wegen der großen Schritte der still vor sich hin weinenden Frau. Er hielt sie fest, schloss sie in die Arme, und sie presste laut schluchzend den Kopf an seine Brust. Sie ließ sich zu einem Café führen, wo sie eine Tasse Tee bestellte, während Carvalho bereits mit einem Glas Whisky herumspielte und auf eine Erklärung wartete.

»Ich habe jemanden gesehen, der mich an die Vergangenheit erinnert hat. An die finstersten Jahre der Diktatur in meinem Land. Sie hätten nichts davon, wenn ich Ihnen sagen würde, wer es ist. In Spanien interessiert das niemanden. Nicht jeder hat die gleichen Erinnerungen wie ich. Im Gegenteil, es gibt immer weniger Leute, mit denen ich meine Erinnerungen teilen kann. Ich musste in diesem Land viele Jahre mit Menschen verbringen, die andere Erinnerungen haben als ich.«

»Sie hatten viel Zeit, das alles hinter sich zu lassen. So wie wir. Obwohl es mir manchmal so vorkommt, als hätten wir uns erst vor zwei Tagen gegenseitig abgeschlachtet und gefoltert. Dabei ist das zwanzig Jahre her.«

»Bei uns vierzehn, vierzehn Jahre, seit uns dieser Säufer den Falkland-Krieg beschert hat. Vierzehn. So wie die bösen Frauen in den Tangotexten verschwindet die Erinnerung immer mit einem anderen, mit einer neuen Generation. Aber ich habe keine schönen Erinnerungen. Ich hatte keinen Glanz im Gras.«

»Welches Gras?«

»Strengen Sie Ihre Phantasie an. Ich rede vom Mate. Mögen Sie Mate? Haben Sie ihn schon mal probiert?«

»Genug, um Whisky vorzuziehen.«

»Was wollten Sie mir über Emmanuelle sagen?«

»Dass das alles keinen Sinn ergibt. Sie bitten mich, sie zu suchen, und vierundzwanzig Stunden später taucht ihre Leiche auf. Sie haben mir nicht alles erzählt, und ich werde die Ermittlungen einstellen, wenn Sie mir nicht sagen, wer dahintersteckt, oder war das Ihr Entschluss?«

Sie kann sich noch nicht einmal dazu entschließen, ihm zu antworten.

»War es Rocco?«

Doroteas Nachdenklichkeit ist eher ein Ausdruck von Traurigkeit als Besorgnis.

»Wir sollten Helgas Schwester einen Besuch abstatten.«

Dorotea nickt und drängt ihn zum Aufbruch.

Als Carvalho erst noch einen Anruf vom Telefon des Cafés aus machen wollte, reichte ihm Dorotea ihr Handy und zog sich diskret zurück. Von der Tür aus versuchte sie, mit zusammengekniffenen Augen seine Miene zu deuten, aber zwischendurch streckt sie immer wieder den Kopf nach draußen, um alle sechs Himmelsrichtungen zu überwachen. Carvalho ist zu ihr getreten und berichtet:

»Rocco hat Biscuter einen kleinen Besuch abgestattet.«

»Woher weiß er, dass es Rocco war? Hat er das gesagt?«

»Hat Rocco keine roten Haare und rötliche Wangen?«

»Doch.«

»Dann war es Rocco.«

9 La Dolce Vita

Die Alte war so restauriert, dass ihre Haut jeden Moment abzuplatzen drohte. Auch der nicht mehr zu verbergende Haarausfall wirkte sich nicht gerade positiv auf ihr Erscheinungsbild aus. Alles im La Dolce Vita war alt und roch nach abgestandener Katzenpisse, vielleicht weil es im Lokal von alten Katzen wimmelte. Sie zeigte auf die Tiere.

»Das sind meine letzten Gäste. Der Laden hat schon bessere Zeiten gesehen. Das weißt du ja selbst am besten, Pep, das weißt du ja selbst am besten. Na klar erinnere ich mich an Helga, Helga Singer, wie sie genannt werden wollte, ihr Künstlername. War ganz schön eingebildet, als sie hier ankam. Als hätte sie mit Mirtha Legrand gearbeitet, als hätte Alberto Closas gesagt, die junge Dame wäre das größte Talent des argentinischen Theaters. Von wegen jung, Dame oder Closas. Hier arbeitet man, um was zwischen die Zähne zu bekommen, Mädchen, habe ich zu ihr gesagt, das ist hier nicht die Royal Opera, *Maca*. Sie hatte eine schöne Fotokollektion bei sich, das schon, aber sie tanzte nicht, sie sang nicht, an den Beinen sah man schon die Cellulite, und ihre Titten konnte sie nicht vorzeigen, weil die auch schon ihre besten Zeiten hinter sich hatten. Was sie machte? Sie sprach Tangos, denn Tangos werden gesprochen, nicht gesungen, wie sie behauptete. Sie rezitierte Tangos, und das machte sie gut, sie erinnerte mich ein wenig an die Singerman-Schwestern, auch wenn sie versicherte, ihr Vorbild sei Nacha Guevara. Aber sie war nicht so theatralisch wie Berta Singerman. Ich bin bei Tourneen der Singerman im Vorprogramm aufgetreten, als Helga nach Spanien kam. Ich soll dir erzählen, wie sie war? Ich zeig dir das Video einer Werbekampagne, die wir hier Ende der Achtziger gedreht haben und die überhaupt nichts gebracht hat, reiet? Das Lokal wird nächste Woche abgerissen oder umgebaut, damit hier eine Universität einzieht, was weiß ich. Pompeu Fabra, glaube ich, Universität Pompeu Fabra. Keine Ahnung, wer dieser anmaßende Typ war. Wenn man schon Pompeu heißt!«

Nach dem Auftritt eines Bauchredners und einer als Bäuerin gekleideten und beim Singen von *Valencia, Land der Blumen* ertappten Valencianerin tauchten aus der Vergangenheit die Bilder einer stark gealterten, schlechtgekleideten und durch Nachlässigkeit fett gewordenen Helga auf, die auf der Bühne steht und rezitiert:

»Sehr geehrtes Publikum, von der großen chilenischen Dichterin Gabriela Mistral das Gedicht ›Scham‹:

> Wenn du mich anblickst, werd ich schön,
> schön wie das Riedgras unterm Tau.
> Wenn ich zum Fluss hinuntersteige,
> erkennt das hohe Schilf mein seliges Angesicht
> nicht mehr.
>
> Ich schäme mich des tristen Munds,
> der Stimme, der zerrissnen, meiner rauen Knie.
> Jetzt, da du mich, herbeigeeilt, betrachtest,
> fand ich mich arm, fühlt ich mich bloß.
>
> Am Wege tratst du keinen Stein,
> der nackter wäre in der Morgenröte
> als ich, die Frau, auf die du deinen Blick geworfen,
> da du sie singen hörtest.«

Biscuter gefielen die Kommentare aus dem Off von Pepita de Calahorra – der großen Erneuerin der Jota –, während Helga auf dem Bildschirm die Rezitatorin gab. Aber er konnte sich einfach nicht mit dieser vom Lauf der Zeit besiegten

Emmanuelle abfinden und überblendete das Bild ihrer Niederlage mit dem eines Mädchens, das in einem philippinischen Korbsessel saß und drauf und dran war, die argentinische Emmanuelle zu werden. Er hörte, wie sie in dem Video weiter ihren Text aufsagte ... »Ich werde schweigen. Keiner soll mein Glück / erschauen, der durch das Flachland schreitet / den Glanz auf meiner plumpen Stirn nicht einer sehen / das Zittern nicht von meiner Hand ...«

Spärlicher Applaus setzte ein, und auf Zuruf hin begrüßte sie die Zuschauer.

»Und nun, mein hochverehrtes Publikum, singe – oder besser gesagt – spreche ich *Ingenuidad* für Sie, denn Tangos singt man nicht, man spricht sie. Maestro, das ist für Sie!«

Dem alten Pianisten schien die Huldigung der Frau, die in seinen Augen wahrscheinlich nicht mehr als eine dicke Coupletsängerin war, völlig gleichgültig zu sein.

»Du sagtest, du wärst noch ein Mädchen / doch du warst das Mädchen einer Madame / die eine Nutte aus dir machte, ohne dich zu fragen / ob es aus Vergnügen oder Langeweile war.«

Weil er sich immer trauriger fühlte, bat Biscuter die kahlköpfige Alte, den Videorekorder auszuschalten. Sie tat ihm den Gefallen, nur um sich im selben Moment von seiner Melancholie anstecken zu lassen. Biscuter und die Alte weinten bereits gute fünf Minuten, als sie endlich beschlossen, sich gegenseitig zu erklären, warum sie eigentlich weinten.

»Ich weine, weil das Mädchen, das Emmanuelle sein sollte, so ein trauriges Leben hatte.«

»Und ich, weil das alles hier schon lange eine Ruine ist. Nächste Woche kommen die Spitzhacken und setzen allem ein Ende, dann wird das La Dolce Vita nur noch Geschichte sein. So wie alle, die hier arbeiten. Aber was heißt das schon, Geschichte? Ungefähr so viel wie Scheißdreck. Geschichte sein heißt toter als tot zu sein.«

»Die Calle de las Tapias ist bereits verschwunden.«

»Und mit ihr verliert die Stadt ein weiteres Stück Identität«, meinte die Alte und fuhr fort: »In der letzten Zeit kommen hier viele Intellektuelle vorbei, und ich höre ihnen gerne zu. Sie wohnen fast alle in besseren Gegenden, zeigen sich aber sehr solidarisch mit unserem Viertel; sie sagen, es sei ein Teil ihres historischen oder sentimentalen Gedächtnisses. Ich muss immer an die armen Mädchen denken, die sich in diesen Straßen mit ihrer Muschi den Lebensunterhalt verdient haben. Wo sind die alle gelandet, diese Muschis? Irgendwo, Señor. Denn solche Frauen finden keinen Platz in den vornehmen Bordellen der feinen Leute. Und die Freudenmädchen aus dem La Dolce Vita, was ist mit denen? Die können sich nicht mal arbeitslos melden oder in Rente gehen, denn welche Animierdame hat schon in die Krankenkasse eingezahlt? Und die, die sich noch immer durch das La Dolce Vita schleppen, müssen ihre Hernien mit Stahlbeton im Zaum halten.«

»Ist Helga Singer auf den Strich gegangen?«

»Sie war Animierdame.«

»Hat sie dir gegenüber mal ein Kind erwähnt?«

»Das war seltsam. Wenn sie nüchtern war, hat sie erzählt, dass sie ein Kind gehabt hätte, das aber tot zur Welt gekommen sei. Wenn sie betrunken war, hat sie losgekläfft wie eine trauernde Hündin und das Kind zurückverlangt, das man ihr angeblich genommen hatte.«

Sie schloss Biscuter in die Arme, er könne sie jederzeit besuchen, wenn ihm nach Weinen zumute wäre. Er brauche sich keine Sorgen zu machen, selbst wenn das La Dolce Vita abgerissen werden sollte, würde sie jeden Abend ihres Lebens an diesen Ort zurückkehren, hierhin, wo sie jetzt stehe, was immer hier eines Tages hinkomme, was immer hier eines Tages errichtet würde.

»Ich hatte nie einen Herrn, Pep, genau wie die Katzen, aber das hier war mein Haus, ich hatte ein Haus.«

Biscuter machte sich auf den Weg und stieß um ein Haar mit einem dicken Mann zusammen, der gerade einen prüfenden Blick auf die Fassade des Nachtlokals warf, als überlegte er, es zu kaufen.

»Entschuldigen Sie, Señor. Das ist doch das La Dolce Vita, oder?«

Noch ein Argentinier! Biscuter trat einen Schritt zurück, um den Dicken in seiner ganzen Fülle in Augenschein zu nehmen, dann deutete er auf das Schild.

»Das habe ich natürlich gelesen, ich frage nur, weil ich hier keinen einzigen Menschen sehe, weil in der Gegend überhaupt nichts los ist. Das chinesische Viertel sieht ja fast so aus wie Dresden – entweder wird es gerade bombardiert, oder man trägt es ab, um es woanders wieder aufzubauen ... Ich kann mich noch gut an die vierziger Jahre erinnern, als ich hier mit Manolo Caracol und Lola Flores einen draufgemacht habe! Ich war zum Studieren in Spanien und blutjung, aber nachts haben wir so richtig die Sau rausgelassen. Ich war ein berühmter Frauenheld, mit dem Gemüt eines Luden. Lude heißt so viel wie Zuhälter, Herr ...?«

»Plegamans, Josep Plegamans Betriu.«

Mit seiner winzigen Hand konnte Biscuter kaum die Fingerspitzen des Mannes umfassen, die so dick waren wie die Havannas, die Carvalho gelegentlich rauchte.

»Aquiles Canetti, Diplomat.«

10 Du sagtest, du wärst noch ein Mädchen

Im Mondschatten eines Ombús auf der Plaza Prim zählte Cayetano die Schätze, die er in seinem kleinen Bollerwagen mit den Gummireifen verstauen würde. Aus dem bereits geschlossenen Restaurant Els Pescadors drang ein schwacher Duft von *sofritos*, Fisch und Meeresfrüchten an seine Nase. Er konnte sich nicht erinnern, wann er das letzte Mal so etwas wie einen Kaiserhummer verspeist hatte. Plötzlich spürte er eine Hand auf seiner Schulter. Er drehte sich um und sperrte seinen zahnlosen Mund auf:

»Die Bullen! Ich habe nichts getan. Ich schlage mich durch, um zu überleben, aber ich habe doch nichts getan.«

»Es heißt, du hättest eine Geliebte, Cayetano«, entgegnete Lifante.

»Eine Geliebte, ich? Mit dieser Fresse?«

»Die Palita.«

»Ich hatte nichts mit der Palita am Hut.«

Lifante gab einem der ihn begleitenden Polizisten ein Zeichen, und nachdem er sich vergewissert hatte, dass sie niemand auf dem Platz beobachtete, verpasste der Magister in Bettlerkunde Cayetanos Wagen einen solchen Tritt, dass er mitsamt dem Inhalt umkippte.

»Warum tun Sie das? Wollen Sie mich ruinieren? Das ist alles, was ich habe.«

»Der nächste Tritt ist für dich.«

Auf dem Kommissariat forderten sie ihn auf, sich auszuziehen, und da stand er, nackt und schmutzig, die Haut voller Flecken, und hielt sich die Hände schützend vor die Hoden.

»Was ist mit deinen Eiern, Cayetano?«

»Ein alter Ratschlag, den ich mal bekommen habe.«

»Und wie lautet der?«

»Im Gefängnis musst du deinen Arsch, auf dem Polizeirevier deine Eier schützen.«

Sie steckten ihn unter eine Dusche, die nach dem Schmutz der vielen Körper stank, die zuvor unter ihr hindurch gemusst hatten.

»Es ist wahr«, sagte Cayetano, als sie ihn wegen eines Schwindelanfalls, den der Geruch von Seife und Desinfektionsmitteln bei ihm ausgelöst hatte, auf einen Stuhl setzten. »Ich hatte was mit der Palita zu tun. Ich habe was anderes gesagt, weil man mir geraten hat, niemals etwas zuzugeben bei der Polizei. Ich habe sie kennengelernt, als sie bei Festen Gedichte aufsagte und Tangos sang. Zum Schluss hatte die Palita kaum noch eine Stimme von all dem Saufen, mich hat das nicht weiter gestört, obwohl wir ein Team waren, jawohl, ein Team. Jeden Sonntag haben wir vor den Kathedralen im Duett gesungen. Barcelona, Tortosa, Gerona, Vic. Am Ende habe ich auf nüchternen Magen Tangos gesungen, ich war gekleidet, wie Touristen sich einen Tangosänger vorstellen, und sie hat dazu in einem roten Kleid posiert, mit einem Schlitz im Rock, der ihr bis zur Leiste reichte. Sie lauschte meinen Tangos und sah mich böse an. Dann verpasste sie mir eine Ohrfeige und sang selbst. Den Touristen gefiel die Szene. Der singende Hahnrei und das Flittchen, das ihm zuhört, ohne ihm zu gehorchen.«

»Sing.«

»Wie bitte, Herr Inspektor?«

»Du sollst singen.«

Cayetano holt tief Luft und stößt sie mit den ersten Silben eines Liedes wieder aus:

Du sagtest, du wärst noch ein Mädchen
doch du warst das Mädchen einer Madame,
die eine Nutte aus dir machte, ohne dich zu fragen,
ob es aus Vergnügen oder Langeweile war.

Die Polizisten flehten Lifante an, dem grauenvollen Gesang ein Ende zu setzen.

»Du stinkst aus dem Maul wie ein Toter.«

Cayetano fühlte sich viel zu sauber, fast nackt. Er zitterte am ganzen Körper, vergaß jedoch nicht, seine Weichteile zu schützen.

»Sie hat ziemlich vulgär geredet, und sie war sehr undankbar. Ich habe ihr immer den Großteil unserer Einnahmen überlassen, was nicht viel war, und sie hat alles für Grappa ausgegeben. Ein Getränk ihres Landes, hat sie immer gesagt. Sie trank Grappa wie andere Wasser. Die Kathedralenbesucher waren nicht besonders großzügig, wir hatten kaum genug zum Essen, und trotzdem wurde sie täglich fetter. Der ganze Scheiß hat sie dick gemacht, und sie wurde jeden Tag schmutziger. Wir lebten auf der Straße, schlugen uns irgendwie durch. Sie verdiente sich ein paar Kröten dazu, indem sie sich von anderen Bettlern angrapschen ließ.«

»Und du hast dir schön brav die Hörner aufsetzen lassen«, bemerkte einer der Polizisten.

»Was ging mich das an? Ich mochte sie einfach, und sie tat mir leid. Sie wollte immer hoch hinaus und hat geprahlt, dass sie ein Kinostar hätte sein können, eine internationale Filmschauspielerin. Sie hat mir ein Foto gezeigt, auf dem sie jung war und mit nacktem Busen in einem Korbstuhl saß, wirklich schön.«

»Wo ist dieses Foto?«

»Nehmen Sie mir das bitte nicht weg. Es ist bei meinen Sachen, ich habe es zusammen mit etwas Geld unter meinen Wagen geklebt, damit es nicht geklaut wird.«

Eine Hand hielt ihm das Foto vor die Augen.

»Ist es das?«, fragte Lifante.

Cayetano nickte. Der Inspektor schien das Interesse an ihm zu verlieren, doch von einem Moment auf den anderen würde er ihn sich wieder vorknöpfen, mit Fingern, die wussten, wie man Schmerzen zufügt, ihn am Bart packen und seinen Kopf so oft hin und her schütteln, bis sein Hirn nur noch Brei wäre.

»Warum hast du Helga oder Palita, wie du sie nanntest, so gehasst? Warum hast du sie Palita genannt?«

»Sie wollte das so. Sie hat alles von einem Sänger aus ihrer Heimat gesungen, der Palito hieß, Palito Ortega, und da ließ sie sich die Palita nennen. Sie konnte ziemlich witzig sein. Ich habe sie nicht gehasst, im Gegenteil ...«

Inzwischen war ein junger Polizeibeamter mit Neuigkeiten hereingekommen, und niemand achtete mehr auf Cayetano. Alle umringten Lifante und stießen überraschte Rufe aus. Cayetano glaubte, den Namen Rocco zu verstehen, und spitzte Ohren, Augen und Nase, ohne dass er gewusst hätte, was er mit den Händen vor seinen mittlerweile sicheren Hoden anstellen sollte. Lifante war aus dem Kreis seiner Untergebenen getreten und drehte schweigend seine Runden im Zimmer. Plötzlich klatschte der Inspektor in die Hände.

»Kommen Sie, Abmarsch! Leichen soll man nicht kalt werden lassen.«

Ohne Cayetano eines Blickes zu würdigen, verließen sie den Raum. Der Obdachlose blieb in der Erwartung zurück, jemand würde kommen und ihm sagen, wie es in den nächsten Stunden weitergehen würde. Er hatte keine Uhr, aber es dämmerte bereits, als er beschloss, sich allmählich Sorgen zu machen und auf Zehenspitzen zu der Tür zu gehen, die den Raum, wo man ihn allein zurückgelassen hatte, vom Rest des Gebäudes trennte. Behutsam drückte er sie auf und war erschrocken, so viele Polizisten auf einmal zu sehen, so viele Verhöre, so viel geschäftiges, von monotonem Schreibmaschinengeklapper untermaltes Treiben. Er trat einen Schritt zurück und hatte bereits wieder den Ausgangspunkt seiner kurzen Exkursion erreicht, als sich ein Lächeln auf seinem Gesicht breitmachte und er noch einmal denselben

Weg zurücklegte, um das Hauptbüro zu betreten und, noch immer lächelnd, den Absatz der Treppe zu erreichen, die zum Ausgang führte. Niemand hielt ihn zurück, obschon die Unentschlossenheit des Ausbrechers geradezu danach zu betteln schien, nach einem lautem *Halt!*, das allem, was er gerade erlebt hatte, allem, was ein diskriminierter Mensch gewöhnlich auf einer Polizeiwache erlebte, einen Sinn verliehe. Nichts. Niemand hielt ihn auf, und Stufe um Stufe, die er hinabstieg, unterbrochen nur von der aggressiven Präsenz des Wachpostens, der die Vorhalle mit langen, gleichmäßigen Schritten durchquerte, wurde Cayetano immer zuversichtlicher, zugleich aber auch ängstlicher. Jeder sieht, dass du ein Penner bist, Cayetano. In dieser Aufmachung betritt man ein Polizeirevier, aber man verlässt es nicht, das kann nicht gutgehen. Die Wache blickte auf, musterte ihn mit einem flüchtigen Blick, der ihn möglicherweise gar nicht richtig wahrnahm, und setzte ihr monotones Hin und Her fort. Cayetano spielte mit dem Gedanken, eine höfliche Bemerkung fallenzulassen, ein *Guten Tag* oder ein *Guten Abend*. Doch es war längst nicht mehr Tag, und der Abend hatte noch nicht begonnen. Was sollte er also sagen? Jetzt war die Wache stehengeblieben und sah ihn verwundert an.

»Sind Sie immer noch hier? Bereitet Ihnen die Treppe vielleicht Probleme?«

»Nein. Nein, ich habe nur ...«

Der Polizist forderte ihn mit einer Kopfbewegung zum Weitergehen auf, und Cayetano erreichte das rettende Ufer der Straße. Im selben Moment begriff er, dass er barfuß war und dass es ihn einen kompletten Monat gekostet hatte, an derart hochwertige Schuhe wie die zu kommen, die er im Polizeirevier vergessen hatte. Ohne Schuhe die Vía Layetana zum Hafen hinunterzulaufen war ziemlich unbequem, aber er tat es trotzdem, ließ mehrere Straßen hinter sich und wünschte sich dabei so sehr, niemand würde sehen, dass er barfuß war, dass er sich tatsächlich wie der einzige Mensch auf dieser Prachtstraße fühlte, abgesehen von den Menschen in den Autos. Doch bei all den Autos hatte er keine Augen für das von Lifante, das ihm folgte wie bei einem Trauermarsch.

»Nur nicht schneller werden, sonst sieht uns der Pechvogel noch. Pechvogel und Schwachkopf. Da lassen wir ihn allein und alle Türen offen, und der Kerl braucht geschlagene zwei Stunden, bis er endlich abhaut. Es gibt Menschen, die werden als Sklave geboren. Ich bin mir sicher, der führt uns zu einem guten Hafen.«

»Er geht ja auch zum Hafen, Inspektor.«

»Das war eine Metapher, Cifuentes. Er sucht Rocco, da gehe ich jede Wette ein. Ich habe den Namen fallen lassen, um zu sehen, was für ein Gesicht der Penner macht. Er hat überhaupt keins gemacht, aber so große Ohren wie ein Elefant.«

»Er weiß nicht, dass Rocco tot ist.«

»Aber er weiß, dass ihm etwas zugestoßen ist.«

11 Der Schwager des Mädchens, das Emmanuelle sein sollte

Der Bungalow war so perfekt, dass er Carvalho wie die Materialisierung der platonischen Idee eines Bungalows erschien, vorausgesetzt, unter den platonischen Ideen Platons gab es einen Bungalow. Während sich das Gartentor wie von selbst öffnete, tat dies bei der Tür der platonischen Idee eine Frau, die auch hätte Emmanuelle sein können. Gesichtszüge und Statur erinnerten an Helga Singer oder Muchnik, ihre Schwester, zwanzig Jahre nachdem sie die Fotos von sich hatte machen lassen. In ihrem Gesicht einer großen, sorgfältig platingefärbten Frau fanden sich weder Freude noch Selbstgefälligkeit.

»Vielleicht war das ihr letzter Zufluchtsort vor ihrem Verschwinden. Sie war ein sehr stolzer Mensch, und eine Zeitlang schrieb sie uns Briefe, rief an oder besuchte uns gelegentlich, um uns zu berichten, wie gut es bei ihr lief. Immer mit dem Fotoalbum unterm Arm, und ich tat so, als würde ich ihr alles glauben. Ein Blick genügte, um zu erkennen, dass es ganz und gar nicht gut lief. Nicht mal äußerlich war sie mehr dieselbe. Sie hatte auf eine unnatürliche Weise zugenommen. Ich achte auf mein Äußeres. Meine Familie war immer sehr sportlich, drüben in Argentinien. Mein Vater ist mittlerweile achtzig und immer noch Mitglied im Yachtclub von San Isidro. Helga selbst war eine meisterhafte Sportgymnastin.«

»Sie sagten, Ihre Schwester hätte hier Zuflucht gesucht?«

»Zuflucht?«, entgegnete Gilda sarkastisch. »Das Wort gehörte nicht zu ihrem Wortschatz. Sie tat uns einen Gefallen. Verstehen Sie? Den Gefallen, etwas Zeit mit uns zu verbringen. Fünf unvergessliche Monate, die ich keinem wünsche. Helga war wie ein verletztes Tier.«

Während Helga Singers Schwester redete, saß Dorotea die ganze Zeit neben Carvalho, doch im Gegensatz zu ihm, der dem Monolog der blonden Frau aufmerksam folgte, hatte sie das Gefühl, abwesend und irgendwie fehl am Platz zu sein. Sie stand auf und trat ans Fenster. Die Schönheit der Landschaft mit der Vegetation eines englischen Cottages und der große, teichähnliche Swimmingpool, über dem die schönsten Weiden, die sie je gesehen hatte, ihre Äste hängen ließen, rührten sie zutiefst. Sie hatte Tränen in den Augen, vielleicht von den Worten, die aus Gilda Muchniks rosa geschminktem Mund zu ihr herüberdrangen.

»Mein Mann stellte mir ein Ultimatum, entweder sie oder ich. Sie war hysterisch, und alles, was unser Leben ausmachte, kam ihr kleinbürgerlich und schäbig vor, ohne jegliche Größe. Im Gegensatz dazu kam *sie* aus der Welt der Kunst. Nur die Kunst bewahrt uns vor dem Tod, pflegte sie zu sagen, um dann hinzuzufügen: ›Und das ist kein Paradox.‹«

Dorotea lächelte wissend, und wenn sie nicht so traurig gewesen wäre, hätte sie laut aufgelacht.

»Eines Tages, als sie wie so oft betrunken war, kam sie wieder auf die Zeit zu sprechen, als sie die argentinische Emmanuelle sein wollte, und ihr fiel nichts Besseres ein, als den Kindern die Fotos von der Werbekampagne unter die Nase zu halten, die mit dem berühmten Akt. Ich konnte sie nicht davon abhalten. Mein Mann warf sie raus, und ich half ihr, die wenigen Sachen zu packen, die ihr geblieben waren. Ich war am Boden zerstört.«

Vor Gildas Augen ziehen die Bilder der Szene vorüber, als sie gezwungen war, ihrer weinenden, aber standhaften Schwester den Rücken zuzukehren, einer Schwester, die wild auf ihre Habseligkeiten einschlug, während sie sie in ihre letzte verbliebene Tasche steckte.

»Ich habe zu ihr gesagt: Helga, mach dir keine Sorgen. Egal was passiert, du hast immer eine Schwester, die dir aus der Patsche hilft. Die dich liebt. Helga, versteh doch, mein Mann und meine Kinder bedeuten mir alles, das ist meine Welt ... Du bist glücklich in der deinen. ›Wer sagt, dass ich in meiner Welt glücklich bin?‹, hat sie geantwortet, bevor sie mir zweimal den Stinkefinger zeigte. ›Der ist für dich, du Spießerin, und der für deinen Mann, diesen bigotten Wichser.‹«

Dorotea sah die Situation vor sich, bis sie ein Reflex auf der Fensterscheibe in die Wirklichkeit zurückholte. Auf dem Glas spiegelte sich das Gesicht von Helgas Schwester. Dorotea drehte sich zur Seite und betrachtete das Profil der Frau, die geistesabwesend in den Garten starrte. Er war so alltäglich für sie, dass sie ihn gar nicht mehr wahrzunehmen schien. Carvalho hielt sich zurück, er saß einfach nur da und beobachtete sie. Gilda verströmte einen Duft nach Must de Cartier und hatte ein wunderschönes Profil. Wie hatte es diese dumme Gans bloß geschafft, keine einzige Falte zu bekommen? Weder Dorotea noch Gilda, die weiterhin unerbittlich alte Erinnerungen heraufbeschwor, hatten eine Antwort darauf.

»Sie war todtraurig, als sie uns verließ, aber auch liebevoll. So war Helga. Ihre Laune wechselte ständig. Sie hat nie wieder angerufen, und ich habe nie wieder etwas von ihr gehört. Wie gesagt, sie war sehr stolz. Ich habe sie immer beneidet, ihre Unabhängigkeit bewundert, während ich mein bequemes, geregeltes Leben immer mehr verabscheute. Aber als ich sie sah und begriff, was die Freiheit mit ihr angerichtet hatte ...« Sie drehte sich um und blickte Dorotea und Carvalho an. »Denn Freiheit ist eine Sache, Zügellosigkeit eine andere, habe ich Recht?«

Ohne aufzuschauen, fragte Carvalho plötzlich:

»Wer war der Vater des Kindes, das sie erwartet hat?«

In Gildas Profil, ganz nah bei Dorotea, bewegten sich nur die Lippen:

»Was sagen Sie da?«

»War Ihre Schwester nicht schwanger, als sie von hier wegging?«

»Das ist eine bodenlose Frechheit.«

Carvalho stieß einen tiefen Seufzer aus und blickte die beiden, vom selben Fenster eingerahmten Frauen an, die darauf warteten, was er als Nächstes sagen oder ob er nur einen weiteren Seufzer folgen lassen würde. Was war hier los? Woher kamen auf einmal die vielen sich ergänzenden Mosaiksteinchen im Leben einer Immigrantin, von der er nicht einmal wusste, warum sie Argentinien verlassen hatte und warum ihre Schwester, ihr Schwager, ihr Beschützer Rocco und Dieste, ihr nicht an sie glaubender Entdecker, dasselbe getan hatten.

»Warum musste Ihre Schwester Argentinien verlassen?«

»Sie musste Argentinien nicht verlassen. Sie wollte hier Karriere machen. Es war die Zeit der großen Krise, die auf die Niederlage im Falkland-Krieg gefolgt war, die Zeit der Auslandsschulden.«

»Und Sie? Warum sind Sie hierhergekommen?«

»Weil *ich* hierher gekommen bin, ihr Mann.«

Die Stimme war in einer Ecke des Wohnzimmers erklungen, wohin sich jetzt alle umdrehten, Gilda erschrocken, Dorotea überrascht und Carvalho vorsichtig. Vor ihnen stand der Prototyp des geborenen Siegers, Guinnessrekordhalter als zahlungsfähigster Mann der Welt, der aussah, als würde er jeden Morgen in Gold und den Katechismen der wichtigsten Religionen aufgewogen. Gilda wäre am liebsten im Erdboden versunken, aber schon durchbohrte sie der eisige Blick ihres Mannes. Die hochgezogenen Brauen des Hausherrn verlangten nach einer Erklärung von den ungebetenen Gästen, nicht von seiner Frau, die sich in eine unanständige Haushälterin verwandelt hatte, die schon früh genug ihre gerechte Strafe erhalten würde.

»Sind Sie wegen einer offiziellen Angelegenheit hier? Suchen Sie jemanden?«

Carvalho antwortete nicht. Stattdessen wandte er sich an Gilda:

»Ich wollte es Ihnen auf andere Art mitteilen, aber Ihre Schwester ist tot. Die Polizei wird bald hier sein. Sie weiß noch nicht, dass die ermordete Obdachlose mit so illustren Leuten verwandt war.«

Das menschliche Designerstück hielt sich die Hand vor die Augen, um seinen Kummer zu verbergen, mit der anderen forderte er seine Frau auf, näher zu kommen, damit er sie in die Arme schließen konnte. Doch Gilda rührte sich nicht. Sie starrte Dorotea an und wartete auf eine Bestätigung der Nachricht, und als diese nickte, wich sie langsam zurück. Ihr Mann trat auf sie zu, die Arme bereits geöffnet, aber als er versuchte, sie wie ein Krake an sich zu reißen, hielt Gilda ihn mit ausgestreckten Händen davon ab. Es war wie ein Schutzwall, gegen den der solvente Mann mit aller Wucht prallte, bis er zurücktaumelte. Gilda stürzte davon, fand aber noch die Zeit, ihren Ehemann einen Schuft zu nennen. Der fuchtelte wild mit den Armen herum, eine Geste, die bedeuten sollte, dass er die Anwesenden um etwas mehr Verständnis, Zurückhaltung und Respekt in einem derart heiklen Moment bat. Nachdem er seine Botschaft auf diese Weise übermittelt hatte, wiederholte er sie noch einmal mit Worten:

»Ich bitte Sie um etwas mehr Verständnis, Zurückhaltung und Respekt in einem derart heiklen Moment. Bitte kommen Sie in mein Büro, hier ist meine Visitenkarte, dort können wir uns in Ruhe über diesen erschütternden Umstand unterhalten.«

Carvalho ging auf ihn zu, um einen winzigen Teil der großen Distanz zu überwinden, die sie voneinander trennte:

»Ich hoffe, Sie sind ein wenig netter zu uns, wenn wir uns das nächste Mal begegnen. Mein aufrichtiges Beileid.«

Zurück auf der Straße, fasste Dorotea das Geschehen zusammen:

»Erinnern Sie sich, was Helgas Schwester gesagt hat? Alles, was unser Leben ausmacht, kam ihr kleinbürgerlich und schäbig vor. Dieste hat sich getäuscht. Das Mädchen hatte Charakter. Man braucht viel Charakter, um einer aalglatten Führungskraft wie ihrem Schwager die Stirn zu bieten.«

»Sie lebte ihren eigenen Film, aber es gelang ihr nie, ihre Rolle zu spielen.«

»Manche Schriftsteller leben in einer literarischen Welt. Die reinsten Nervensägen. Sie sagen, Helga lebte ihren eigenen Film. Vielleicht war es wirklich nicht einfach, mit ihr zusammenzuleben.«

Carvalho blieb stehen und zwang Dorotea, ihren Wunsch zu fliehen im Zaum zu halten.

»Eine Frage bleibt. Welche Rolle spielt Rocco bei dem Ganzen?«

12 Sie war ein gerissenes Flittchen

Der Bettler betrat den Speisesaal und betrachtete das Spektakel der atemlos ihr Essen verschlingenden Bedürftigen, doch seine Augen suchten Cayetano, der vor einem dampfenden Teller saß. Er stellte sich an, um sich seinen Blechteller von einer der Nonnen mit Eintopf füllen zu lassen. Gut versorgt, suchte er sich einen freien Platz neben Cayetano. Seine Manieren ließen zu wünschen übrig, und Cayetano musste ein Stück zur Seite rücken, um ihm Platz zu machen. Der Bettler schnüffelte misstrauisch an seinem Essen und stocherte leicht angewidert mit dem Löffel darin herum, als suche er nach verdächtigen Resten früherer Mahlzeiten.

»Das riecht nach Rüben.« Er erhielt keine Antwort und wiederholte: »Das riecht nach Rüben.«

»Sind ja auch Rüben drin«, antwortete Cayetano. »Rüben sind billig und nahrhaft.«

»Ich hasse Rüben.« Trotzdem aß er sie wie alle anderen. »In den nächsten Tagen streng ich meinen Grips an und tschüss.« Er aß weiter und sah dabei Cayetano an. »Man sieht, dass du mal was anderes warst.«

»Jeder hier war mal was anderes.«

Der fremde Bettler warf einen geringschätzigen Blick in die Runde.

»Möglich, aber was besonders Großes waren die nicht. Ich bin erst seit vier Wochen auf der Straße. Die sozialistische Regierung hat mein Geschäft ruiniert, und die neue Regierung kotzt mich genauso an wie die alte. Politiker sind die Feinde der Geschäftsleute. Diesen Typ mit dem Schnauzer müsste man mal so richtig rasieren.«

»Was für ein Typ mit Schnauzer?«

»Aznar.«

Cayetano öffnete den zahnlosen Mund und bemühte sich zu lächeln.

»Willkommen im Leichenschauhaus«, sagte er.

»Sag ruhig Abschaum. Ich ertrage keinen Abschaum.«

Als sie aufgegessen hatten, gingen Cayetano und der Bettler nach draußen. Cayetano holte seinen Bollerwagen mit den Kartons und den anderen Schätzen aus dem Müllcontainer. Gemeinsam liefen sie durch das Viertel, zwei Silhouetten vor dem Horizont von Poblenou. Cayetano blieb stehen und zog eine versiffte Flasche aus dem bunten Inhalt seines Wagens hervor, entfernte den Korken, setzte sie an die Lippen und nahm einen großen Schluck. Zufrieden schnalzte er mit der Zunge.

»Tresterbrand. Ich weiß nicht, was ich ohne meinen Tresterbrand machen würde. Meine Exfrau hat immer Grappa getrunken, aber was ist das schon gegen einen guten Tresterbrand ...« Er hielt seiner neuen Bekanntschaft die Flasche hin. »Keine Sorge, ich hab kein Aids.«

»Woher willst du das wissen?«

»Jedes Mal, wenn mich die Bullen einkassieren, verhören sie mich nackt. Mann, du glaubst ja gar nicht, wie nackt man sich fühlt, wenn sie einen zwingen, sich auszuziehen. Ich hol mir irgendeine schlimme Krankheit, sie stecken mich ins Krankenhaus, die Ergebnisse sind wie gemalt. Ich habe nichts. Nicht mal zu hohes Cholesterin. Für die Gesundheit gibt es nichts Besseres, als arm zu sein.«

Besorgt verfolgte Cayetano, wie der zurückhaltende Bettler einen langen Schluck von seinem Tresterbrand nahm.

»He, lass noch was übrig!«

Vor ihnen erstreckte sich ein Horizont aus Müllkippen, wo sie nach den Resten des früheren Armenviertels suchten, das abgerissen wurde, um einer Luxuswohnsiedlung zu weichen, wie Cayetano mit lauter Stimme und Madrider

Akzent von einem englischsprachigen Schild ablas. Sie ließen sich auf dem nieder, was einmal der Boden einer armseligen Hütte gewesen war.

»Wenn mir die Polizei auf den Fersen ist, meide ich das Zentrum«, sagte Cayetano. »Ich arbeite nicht gern im Zentrum, zu viel Konkurrenz, außerdem sind mir die Leute dort zu hektisch. In diesem Land sind alle viel zu hektisch.«

»Was wollte die Polizei von dir?«

»Sie suchen den Mörder von Palita.«

»Palita?«

»Meine frühere Partnerin, eine Schlange, ein gerissenes Flittchen.«

»Ein gerissenes Flittchen.«

»Eine Schlange, ein Flittchen. Und eine Kuh. Sie wurde in der Metro abgestochen und einfach dort liegengelassen. Nein, ich geh nicht mehr ins Zentrum. Höchstens um was zu essen. Den Leuten macht es Spaß, uns Bettlern was zu essen zu geben. Manchmal esse ich was, obwohl ich überhaupt keinen Hunger habe, aber sie mögen dich, wenn sie wohltätig zu dir sein dürfen. Auch Palita ist da immer hingegangen, aus dem gleichen Grund, obwohl sie immer schlecht drauf war und sich mit allen angelegt hat, wenn sie betrunken war.«

»Wer könnte sie umgebracht haben?«

»Sie hat die Beine für jeden in der Branche breitgemacht, aber manchmal war sie auch sehr eigen und hat sie nicht breitgemacht, egal was man ihr gab, selbst eine Tracht Prügel hat da nicht geholfen. Wahrscheinlich war es das. Irgendein Arschloch wollte sie vögeln, und sie hat sich geweigert.« Das Schweigen des anderen ermunterte Cayetano weiterzureden. »Vielleicht dieser ehemalige Geliebte, das war keiner von uns. Er hat zwar mit uns gegessen, aber er war keiner von uns.«

Cayetano ließ sich auf den Rücken fallen und betrachtete den Himmel. Ein Auge schloss er, während er mit dem anderen seinen Begleiter musterte.

»Was arbeitest du so? Wie heißt du?«

»Du kannst mich Curro, der Malocher, nennen, wenn du schon vom Schuften sprichst. Im Moment schaue ich mich nach was Neuem um. Im Knast von Modelo habe ich in der Werkstatt malocht. Ich hab ein paar Kröten gespart, um durchzuhalten, solange ich die Lage ausbaldowere und mich nach neuen Abenteuern umschaue. In meinen besten Zeiten habe ich Dunkelhäutige, Araber und Afrikaner nach Frankreich geschleust, da fehlt es an Arbeitskräften, und ohne Leute wie uns könnte man es in Spanien gar nicht aushalten vor lauter Dunkelhäutigen. Aber jetzt will ich mich nach was Neuem umsehen. Ohne Fehler zu machen. Ich habe keine Lust mehr, im Bau zu landen.«

Cayetano fing zu husten an. Er konnte gar nicht mehr aufhören.

»Geht's dir nicht gut?«

»Weder gut noch schlecht.«

»Haben dich die Bullen geschlagen?«

»Nein. Die fassen dich hart an und reden mit dir wie mit einem Hund. Manchmal schnappen sie sich auch einen Pennbruder und benutzen ihn als Versuchskaninchen, da ist schon so mancher bei draufgegangen. Wer sollte sich auch beschweren? Palita hat mir fürchterliche Geschichten aus Argentinien und Uruguay erzählt, da werden Obdachlose gequält, um das Foltern von Roten zu trainieren und solche Sachen. Sie grapschen mich an. Sie zerquetschen mein Gesicht. Sie drohen, mir ihre Kniespitzen in die Eier zu rammen. Ich hätte das Recht auf einen Anwalt. Dass ich nicht lache. Das Gesetz gesteht es Obdachlosen zu, einen Anwalt zu verlangen, aber sobald du das tust, machen sie dir das Leben erst recht zur Hölle. Wenn sie mich schlagen, tut es überhaupt nicht weh. Ich weiß schon gar nicht mehr, dass es wehtut. Manchmal denke ich, dass mir überhaupt nie wieder etwas wehtut. Ich kann mir mit dem Messer in die Hand stechen, und es tut überhaupt nicht weh. Wenn ich will, tut es nicht weh. In der Seele, da tut es weh. Im Herzen. Wie bei der Sache mit Palita. Und dass dieser ehemalige Geliebte hier aufgekreuzt ist und herumschnüffelt und so tut, als wäre er bereit, ihr Leben zu leben, mein Leben. Und auch noch behauptet, er hätte keinen Pfifferling mehr in der Tasche, so wie du und ich, und dabei ist er ein kultivierter Mensch. Ein Argentinier.«

»Ein dreckiger Südamerikaner!«

»Rocco. Er heißt Rocco.«

»Hat er sie ermordet?«

»Nein. Wahrscheinlich weiß er nicht mal, dass sie tot ist. Ich würde es ihm gerne sagen, aber ich habe Angst, dass sich die Polizei an meine Fersen heftet.«

»Wenn du willst, komme ich mit und passe auf, dass uns keiner folgt.«

In Cayetanos Augen leuchteten zwei Glühbirnen auf, und unter rheumatischem Knacken sprang er auf die Beine. Mit Curro im Gefolge marschierte er am Friedhof von Poblenou vorbei und gelangte an die Ränder der Villa Olímpica. Von dort ging es weiter in Richtung der drei Schornsteine des Wärmekraftwerks an der Mündung des Besós, und als es so aussah, als würde er weiter diesem Kurs folgen, bog Cayetano auf einmal nach rechts in das Viertel von La Mina ein, eine graue Welt aus grauen Würfeln für Menschen, die keiner mehr brauchte.

»Was für ein Hin und Her.«

»Der gerade Weg ist nicht immer der beste.«

»Palita war also ein gerissenes Flittchen.«

»Das war sie. Mit einer richtig heißen Muschi, so weich wie Teig.«

»Und sie wusste über Folter und Obdachlose Bescheid.«

»Deshalb ist sie aus ihrer Heimat weg, hat sie jedenfalls erzählt, aus Buenos Aires. Ich weiß nicht, ob es was damit zu tun hatte, dass sie von der Sache mit den Obdachlosen wusste, aber es muss was ziemlich Wichtiges gewesen sein, weil sie ständig diese Alpträume hatte und im Schlaf geredet hat, in einem merkwürdigen Argentinisch, das ich nicht verstanden habe. Und dann weinte sie, vor Angst, als ob ihr die Träume Angst machten. Seit ihr früherer Macker das letzte Mal aufgetaucht war, hatte sie noch schlimmere Alpträume. Er war mit ihr nach Spanien geflohen, später hat er sie dann verlassen. Er war viel in Europa unterwegs, in den USA, der Typ war Professor, keine Ahnung, was für einer. Aber ein paar Monate später kam er zurück, und von da an war sie nie mehr die alte, so wenig, dass sie sich irgendwann umbringen ließ.«

Cayetano brach in Gelächter aus. Curro fluchte.

»Was soll die Scheiße, Mann, du bist wirklich ein komischer Kauz. Erst weinst du über den Tod deines Flittchens, und jetzt lachst du dich schlapp.«

»Wie wenig du doch über Bettler weißt. Wir sind so. Der ganze Dreck ist wie ein Panzer, der sich um unsere Körper und Seelen gelegt hat. Wenn ich etwas zu tief ins Glas schaue, fange ich an, mir Gedanken über meinen Zustand zu machen. Palita mochte es, wenn ich über das Leben auf der Straße philosophiert habe. ›Du hättest studieren sollen, Cayetano‹, hat sie immer gesagt. ›Dann hättest du vielleicht irgendwann gewusst, was ein Paradox ist, und vor allem, was zwei Paradoxe sind.‹ Curro, was kannst du mir über Paradoxe sagen?«

13 Das Schweigen des Lamms in Kapernsoße

»Es war tatsächlich Rocco. Ich hatte ihn seit Jahren, viel zu vielen Jahren nicht mehr gesehen. Er kam mit einer seltsamen Bitte zu mir. Ich sollte ihm helfen, Helga zu finden, bevor es die anderen täten. Das hat er mehrmals wiederholt. Bevor es die anderen tun.«

»Wer waren diese anderen?«

Dorotea zuckt mit den Schultern und nutzt die Entdeckung, dass sich drei Gedecke auf dem Tisch befinden, um das Gespräch in eine andere Richtung zu lenken.

»Erwarten wir einen Gast?«

»Meinen Nachbar Fuster. Ich habe etwas gekocht, das Sie unbedingt probieren müssen. Bevor er hier ist. Und noch mal kommen Sie mir nicht mit der halben Wahrheit davon. Wer waren die anderen? Was hat Helga so in Panik versetzt, dass sie nach Spanien geflohen ist? Und das Kind? Ist es Zufall, dass ihre Schwester ihr bis hierher gefolgt ist? Warum hat sie das getan?«

Doch Doroteas Zunge scheint genauso gelähmt wie ihre Augen. In diesem Moment klingelt es an der Tür, und Carvalho sieht sich gezwungen, das Wohnzimmer zu verlassen, um Fuster zu öffnen, ein paar Floskeln über den lästigen Regen auszutauschen, ihn der Anthropologin vorzustellen, Getränke zu reichen und zu hoffen, dass die Argentinierin und sein Nachbar aus Castellón das aufeinander abstimmen, was der Eierkopf Lifante so sehr mochte – ihre Zeichensysteme. Carvalho lehnt sich aus dem Fenster und sieht zu, wie der Regen auf die Stadt fällt und sich die Wassermassen ein Duell mit den Hochhäusern der Villa Olímpica liefern, gleich neben der Lache des grauen, vergeblich vom Regen gewaschenen Meeres.

»Wisst ihr, warum ich so gern aus dem Fenster schaue? Wir mediterranen Menschen lieben Balkone, Terrassen, Fenster, wir sind gerne draußen.«

»Was mich viel mehr interessiert, ist das Rezept für dieses Lamm à la Languedoc.«

Fusters Bemerkung reißt ihn vom Fenster weg, und er wendet sich wieder seinen Gästen zu. Dorotea hält ein alkoholfreies Getränk in der Hand und macht jedes Mal ein nostalgisches, leidendes Gesicht, wenn sie sich dafür rechtfertigt, warum sie keinen Alkohol trinkt – und eine Rechtfertigung hält sie bei jedem Schluck für angebracht. Wie jeder in ihrer Generation habe sie zu viel getrunken, das sei alles. Jetzt wartet sie auf die Erklärungen des Gastgebers, auch wenn sie ihn im Verdacht hat, dass es sich bei seinem kulinarischen Wissen lediglich um einen Bluff handelt.

»Soweit ich weiß, ist Lamm mit Kapernsoße ein Rezept aus dem Languedoc, auch wenn es ebenso gut ein italienisches oder sogar spanisches sein könnte, vorausgesetzt, wir Spanier könnten etwas mehr mit Lämmern anfangen, als sie über Holzkohle zu verkokeln oder so lange an den Drehgrill zu spießen, bis ihnen schwindelig wird. Man muss das Lamm zerteilen, wobei man vorzugsweise die Vorder- oder Hinterhaxen nimmt. Als Nächstes brät man ein paar Schalotten kurz in Gänsefett an oder – falls man tierisches Fett ablehnt – in etwas Öl, gewürzt mit einer Messerspitze Gänsefett. Anschließend nimmt man die Schalotten heraus und sautiert das Fleisch in aromatisiertem Öl, gibt Knoblauch, Petersilie und die Schalotten dazu, bestäubt das Ganze mit ein wenig Mehl, würzt es mit Salz und Pfeffer und gießt Weißwein in einer dem Fleisch angemessenen Menge darüber. Wenn man später noch etwas mehr Wein nachgießen muss, ist das nicht weiter schlimm, Hauptsache, man ertränkt das Gericht nicht in Alkohol. Je nachdem, wie still das Tier ist, wie lange das Fleisch schweigt, beträgt die

Kochzeit zwischen einer halben und einer Stunde. In der Zwischenzeit bereitet man ein Püree aus Sauerampfer und Spinat zu. Wer keinen Sauerampfer zur Hand hat wie in meinem Fall, kann auch nur Spinat nehmen. Dann gibt man die Bratensoße und drei bis vier Esslöffel Kapern zu dem Püree, ganz nach Geschmack der Gäste. Zum Schluss wird das Lamm getrennt von der Kapernsoße serviert. Mögt ihr Kapern?«

»Ich liebe Kapern.«

»Die Kaper ist eine der bescheidensten Früchte der Erde, und eingelegt entwickelt sie einen einzigartigen Geschmack. Nichts schmeckt so wie Kapern. Nur die Kaper selbst.«

Fuster ist nicht ganz einverstanden. Seiner Meinung nach ist die Kaper eine Frucht für Salate, und wenn sie gelegentlich in die spanische Küche Eingang gefunden habe, dann sei dies ausschließlich dem italienischen Einfluss geschuldet. Dem mediterranen, stellt Carvalho richtig, denn sowohl auf Mallorca und Menorca als auch in Murcia sei die Kaper etwas mehr als eine bittere Note im Salat.

»*Ieiunus raro stomachus vulgaria temnit.* Ein nüchterner Magen verschmäht auch Gewöhnliches nicht«, erklärte Fuster geringschätzig.

Das Gericht rief begeistertes Händeklatschen bei Dorotea hervor. Sie aß gewöhnlich alles, denn warum sollte sie als alleinstehende Frau auch kochen? Als sie das Essen so übertrieben lobte, entschlüpfte ihr die wohlklingende Sprechweise aller Snobs dieser Welt, mit Vokalen, die es leid waren, ständig das Gewicht der Konsonanten ertragen zu müssen.

»Marqués de Griñón? Trinken Sie diesen Wein, weil Sie ein Faible für den Adel haben?«

»Nein, Señora. Ich trinke diesen Cabernet Sauvignon Marqués de Griñón, weil der werte Herr Marquis Frau Isabel Preysler eine Rente überweisen muss, und auf diese Weise helfe ich ihm, sie zu bezahlen.«

Dorotea genehmigte sich ein Gläschen, nur ein Gläschen, aber dann vergaß sie ihre Selbstbeherrschung und machte sich über die Flasche her, als habe sie vor, später noch einen Corrido zu singen. Carvalho beschloss, den Kamin anzuzünden, und setzte sich vor die Architektur des Brennholzes. Er hielt ein Buch in den Händen. Es war Melvilles *Taipi, Abenteuer in der Südsee.*

»Was ist es heute?«, fragte Fuster.

»Es geht um die Lüge des Südens. Keine Ahnung. Ich verbrenne meine Bücher wie ein Barbar, völlig wahllos. Früher war das anders. Da habe ich sie verbrannt, weil ich sie gelesen hatte, viele Jahre nachdem ich sie gelesen hatte.«

»Wie viele Bücher haben Sie denn besessen?«

»Zehntausend.«

»Zehntausend?«

Dorotea zeigte sich gern überrascht, doch als sie Carvalho das Buch zerreißen und die Seiten in die Mitte des zukünftigen Kaminfeuers legen sah, war sie kurz davor, wie ein enthaupteter Strauß aufzuschreien. Der Detektiv zündete das Papier an, und die Flammen loderten bis zum Abzug auf, wobei sie flackernde Schatten auf das noch immer verdutzte Gesicht von Dorotea warfen. Sie starrte in die Flammen und verlangte eine Erklärung von Fuster, der sich taub stellte, oder Carvalho, der sich um nichts anderes als sein Feuer kümmerte.

»Zehntausend Bücher. Ich sehe ein Buch in Ihrem Regal, das heute kaum noch jemand kennt, *The Liberal Imagination* von Trilling.«

Carvalho nickte.

»Das hätte ich längst verbrennen sollen. Ich werde es im Auge behalten und beim nächsten Mal verwenden.«

»Sie können es gerne mir geben.«

»Nein. Ich schätze Ihre ehrenwerten Gefühle, Trilling freizusprechen, aber nein. Seinen Roman *The Middle of the*

Journey habe ich bereits verbrannt. Es geht darin um die Angst der dialektischen und historischen Materialisten vor dem Scheitern. Wir Kommunisten haben es nie geschafft, Niederlagen zu akzeptieren, für uns waren es immer nur Irrtümer. Wie sollten wir da erst den Tod akzeptieren?«

Carvalhos kulturelle Offenbarung schien Dorotea zu verblüffen.

»Der Tod, das ist das Scheitern, der Beweis für den ganzen Schwindel«, fuhr der Detektiv fort.

»Und was hat das alles mit Ihrer Bücherverbrennung zu tun? Kultur ist der einzige Trost im Angesicht des Todes.«

Auch du, mein Fuster, fällst mir in den Rücken? Carvalho überlegte, wie er sich deutlicher ausdrücken konnte. In der Stunde der Wahrheit sollte man besser auf Boleros und auf Tangos hören. Bücher lehren einen nicht das Leben. Sie helfen einem nur dabei, sich zu maskieren. Das Telefon läutete. Biscuter wirkte gehemmt und räusperte sich auffällig oft.

»Sind Sie nicht allein?«

»Nein.«

»Unerbetener Besuch?«

»Sieht so aus, Chef.«

»Polizei?«

»Wer sonst?«

Etwas oder jemand hinderte Biscuter am Weiterreden. Was folgte, war die Weltpremiere von Carvalhos telefonischer Beziehung zu Lifante. Der Inspektor forderte ihn auf, augenblicklich nach Barcelona zu kommen, es gebe klare Anzeichen, dass er sich in die laufende Ermittlung einmische. Wenn Menschen miteinander sprechen, verstehen sie sich so gut wie nie, wandte Carvalho ein, worauf Lifante Roland Barthes heranzog.

»Wie schon Barthes sagte, man muss zwischen Sprache, Sprachsystem und Rede unterscheiden.«

»Ausgerechnet diesen Abend wollte ich dem Schweigen widmen, dem Schweigen der Lämmer, einbalsamiert in Kapernsoße.«

»Kommen Sie oder kommen Sie nicht?«

»Morgen ist auch noch ein Tag. Ich werde bei Ihnen vorbeischauen.«

»Ist zufällig die argentinische Staatsbürgerin Dorotea Samuelson bei Ihnen?«

»Warum?«

»Wir befürchten, dass Rocco etwas zugestoßen ist, Rocco Cavalcanti. Richten Sie ihr das bitte aus.«

14 Halt's Maul, Schwachkopf, und friss weiter diesen Scheiß

»Mich würde man nicht mal in diese Kneipe in diesem widerlichen Viertel reinlassen.«

Von der Böschung aus, die von der Straße zu den ersten Häusern von La Mina hinunterführt, betrachten Cayetano und Curro das flackernde Licht des Fernsehers auf den Gesichtern der Gäste in der Pichi-Bar.

»Wenn du erst mal eine Weile obdachlos bist, wirst du feststellen, dass du unsichtbar bist, egal in welchen Lumpen du rumläufst, du bist unsichtbar, verstehst du? Ich kann nicht in diese Kneipe für arme Leute, weil sie keine Angst vor mir haben. In eine Bar für Reiche kann ich gehen, weil sie keine Ahnung haben, wie sie mich rausschmeißen sollen. Sie haben Angst vor mir. Eine seltsame Angst. Tief im Inneren. Es geht ihnen auf den Sack, dass es Obdachlose gibt, verstehst du? Wir warten hier, bis Rocco kommt. Wir machen das immer so, wenn wir uns verabreden. Er tut so, als will er in die Kneipe, aber dann geht er vorbei, ich klettere den Abhang runter und folge ihm bis um die nächste Kurve. Da ist es dunkel, und wir können reden, ohne dass uns ein Polizeispitzel sieht. Ich habe ihn genauso kennengelernt wie dich, in derselben oder einer ähnlichen Armenküche. Wir standen vor den großen Töpfen Schlange. Rocco war einer unter vielen. Ich saß neben Helga, der Palita. Ich weiß nicht, aber immer wenn ich sie Helga nenne, habe ich den Eindruck, von einer anderen zu reden. Ich habe gleich gesehen, dass irgendwas nicht stimmt. Sie hatte Rocco wiedererkannt. Sie wollte schon zu ihm, hat sich dann aber zusammengerissen. Ich habe einfach weitergelöffelt, ein Löffel nach dem anderen, in meinem Rhythmus, ganz langsam, nicht dass die Alte noch schlechte Laune kriegt und mir die Suppenschale aus der Hand schlägt. Und dann kam Rocco und hat sich zu uns an den Tisch gesetzt, als wäre es das Normalste auf der Welt. Auge in Auge, als wären wir durch unsere Blicke miteinander verbunden. Palita musste irgendwas tun, und da hat sie zu ihm gesagt, als würde sie ihn anspucken:

›Habe ich da was im Gesicht?‹

›Und ich?‹, hat Rocco geantwortet.

›Normalerweise schauen Männer Frauen nur an, wenn sie vögeln wollen oder wenn sie die Frau von irgendwoher kennen‹, sagte Palita. ›Kennen wir uns vielleicht? Rocco?‹

Der Typ erstarrte zu Eis. Auch ich rührte mich nicht. Schließlich wurden seine Augen feucht, und er sagte mit einem Kloß im Hals:

›Helga.‹

Ich musste etwas tun und werde pampig, sehe die Alte an und sage gereizt:

›Palita. Heißt du nicht Palita?‹

›Halt's Maul, Schwachkopf, und friss weiter diesen Scheiß.‹

Sie stand auf und machte Rocco ein Zeichen, ihr zu folgen. Sie setzten sich an einen anderen Tisch und fingen an zu reden. Er wollte zärtlich sein, vertraulich, aber sie hat es nicht zugelassen, sie hatte eine Stinkwut auf ihn. Plötzlich brüllte sie ihn an: ›Wir sind Sieger! Ich komme zurecht, so gut ich kann, und du? Bist du, was du zu sein scheinst, oder suchst du nur den Nervenkitzel?«

Cayetano verstummte. Er ließ seinen Blick in alle Richtungen schweifen, auf der Suche nach den verstreuten Bildern seiner Erinnerung. Doch seinem Gefährten schweigt er zu lange.

»Das war's? Das ist alles?«

»Palita wurde zu seiner Beschützerin.«

»Sie hat Rocco beschützt?«

»Ja, und sie hat mich gebeten, ihr dabei zu helfen. Er sei in Gefahr, und wenn Rocco in Gefahr wäre, wäre sie das auch. Also habe ich sie bei ihren Treffen unterstützt und ihm geholfen, sich zu verstecken. Palita und ich haben ihm sämtliche Verstecke gezeigt, die wir in der Stadt kennen, vor allem die sichersten, sogar die übriggebliebenen Luftschutzbunker aus dem Bürgerkrieg.«

»Ging das lange so?«

»Bis sie verschwand.«

»Verschwand?«

»Ja. Und dann fing der Typ an, mir auf die Eier zu gehen.«

Cayetano verfolgte, wie die Viertelstunden auf den sechs Uhren an seinen Handgelenken verstrichen, während er im Stillen über die Unzuverlässigkeit aller sechs fluchte.

»Weißt du, wie spät es ist?«

Curro hielt ihm seine leeren Handgelenke hin.

»Ein Mann verdient es, eine Uhr zu tragen, und wenn es nur eine einzige ist. Das hat mein Vater gesagt, als er mir meine erste Uhr schenkte, eine Duward.«

»Ich habe meine im Knast verspielt, und jetzt spare ich die Kröten lieber und gebe sie für was Wichtigeres aus.«

In Gegenwart von Curros zeitlicher Nacktheit fühlte sich Cayetano plötzlich unbehaglich mit seinen sechs Uhren, und er äußerte seine verborgenen Zweifel.

»Ich würde dir ja eine geben, aber die gehen alle nicht richtig. Und dieser Typ kommt nicht. Mal sehen, ob … Vielleicht haben sie ihn erwischt, denn als ich heute Morgen das Polizeipräsidium verlassen habe, durch den Haupteingang, so wahr ich hier stehe, mit diesen Eiern hier, da habe ich gehört, dass Rocco vielleicht was zugestoßen ist.«

»Ich verdufte, ich will keinen Stress, Alter.«

Cayetano schnalzte mit der Zunge und schenkte seinem neuen Freund ein breites, zahnloses Lächeln.

»Du bist zu weich, aber dir wird schon noch ein dickes Fell wachsen.«

»Ich hab keine Lust, wieder im Bau zu landen.«

Curro stand auf, klopfte sich den Hosenboden ab, lief die Böschung bis zur Straße hinunter und rief von dort aus:

»Falls ich dich brauche, weiß ich, wo du zu finden bist.«

Er bog um die Ecke, machte aber noch einmal kehrt, um zu prüfen, ob Cayetano ihm folgte. Doch der drehte in Gedanken versunken eine Zigarette aus feinstem Tabak aus den erlesensten Zigarettenkippen Barcelonas. Eilig setzte Curro seinen Weg fort, als er einen Block weiter einen blauen Opel sah. Er ging entschlossen auf den Wagen zu, überzeugte sich noch einmal, dass Cayetano ihm nicht folgte, und stieg mit einem lauten Seufzer, mit dem er die schlechte Luft aus seinen Lungen strömen ließ, in den Wagen.

»Noch etwas länger, und ich wäre vor Ekel gestorben. Das war das letzte Mal, dass ich als Penner gearbeitet habe. Celso Cifuentes Theorie ist das eine, die Praxis das andere. Ich musste aus derselben Flasche trinken wie dieses arme Schwein. Rocco war ein ehemaliger Geliebter von Palita, also Helga Muchnik oder Helga Singer, wie sie mit Künstlernamen hieß. Cayetano hat uns nichts davon erzählt, weil er Angst hatte, in die Sache verwickelt zu werden. Das zwischen Helga und Rocco geht ihn nichts an, hat er gesagt, und er hat Angst, dass ihn die ganze Geschichte noch in Teufels Küche bringt. Helga hat Rocco offenbar gezeigt, wo er sich verstecken kann. Diese Löcher, wo sich die Penner verstecken, wenn sie nicht gefunden werden wollen.«

»Sorgen Sie dafür, dass uns das arme Schwein eine Liste dieser Orte liefert«, sagte Lifante.

»Ich soll noch mal in diesen ekligen Dreck?«

»Nicht nötig. Mach ihm ein bisschen Angst, wenn er nicht reden will. Sag, du wärst ein Faschist, einer von denen, die gern losziehen und Abschaum um die Ecke bringen, und wenn das nichts nützt, verhaften wir ihn.«

Als sich der Wagen in Bewegung setzte, meldete der Fahrer Lifante einen Anruf aus der Rechtsmedizin. Der Inspektor nahm die Kopfhörer, er wollte die Nachricht für sich allein hören. Anschließend lehnte er sich im Sitz zurück und dachte darüber nach, was ihm der Gerichtsmediziner gerade mitgeteilt hatte. Unter den erstaunten Blicken des falschen Obdachlosen intonierte er mit den Nasenflügeln Beethovens *Ode an die Freude*. Schließlich rief er aus:

»Sie wurde nicht in der Metro umgebracht!«

»Palita?«

»Helga oder wie immer die Frau hieß. Sie wurde durch einen Schlag auf den Kopf getötet. Mit so was Ähnlichem wie einem Baseballschläger. Die Stiche hat man ihr erst später zugefügt, um uns auf eine falsche Fährte zu lenken, und dann die Leiche in der U-Bahn abgelegt.«

»Nach allem, was mir dieser arme Kerl erzählt hat, hat ihr Tod nichts Geheimnisvolles an sich. Sie war ein gerissenes Flittchen, wie er sagt. Jeder könnte sie erstochen haben. Auch wenn wir ihrem Schwager etwas anderes versprochen haben, müssen wir die wahre Identität der Toten bekannt geben«, sagte der Bettlerpolizist.

»Bist du bescheuert? Das lassen wir schön sein. Wir müssen nur etwas Geduld haben, die werden schon kommen.«

»Wer?«

»Wer auch immer.«

Der Wagen hielt vor dem Polizeipräsidium. Lifante stieg zur Etage der Macht hinauf und schritt durch die langen Flure, die in das Büro mündeten, wo sich die Macht gelegentlich mit ihren Vollstreckern traf. Diesmal war kein direkter Repräsentant der Regierung anwesend, und obwohl der Polizeipräsident das bedeutungsvollste Gesicht aufsetzte, das ihm zur Verfügung stand, empfing er den Inspektor nur unwillig. Er wollte nicht gestört werden und schenkte Lifantes Zusammenfassung der Ereignisse keine allzu große Aufmerksamkeit. Den Bericht über die Fortschritte im Fall der Obdachlosen, die etwas mehr als eine Obdachlose zu sein schien, hob sich Lifante bis zum Schluss auf, und als er den Namen Helga Singer nannte, horchte der Polizeipräsident auf:

»Wer ist diese Frau?«

»Die Obdachlose, die ermordet in der Metro aufgefunden wurde. Es sieht so aus, als ginge es dabei um etwas mehr als eine Abrechnung unter armen Leuten.«

»Und wie kommen Sie darauf?«

»Sie waren selbst dabei. Seine Exzellenz, der Herr Regierungsabgeordnete, hat es mir zu verstehen gegeben.«

»Den hat in seinem ganzen Leben noch keiner Exzellenz genannt. Kümmern Sie sich um Ihren Kram, Lifante. Besorgen Sie mir einen Schuldigen, und vergeuden Sie nicht Ihre Zeit mit diesem Fall. Haben wir schon einen Schuldigen?«

»Den Archetyp eines Schuldigen.«

»Meinetwegen auch das.«

Er erklärte die Sitzung für beendet. Auf dem Gang stieß Lifante auf einen dicken, ganz in Weiß gekleideten Mann, der laut schnaubend, mit der Würde eines parfümierten Elefanten, auf das Büro des Polizeipräsidenten zusteuerte.

15 Nicht alle Baseballschläge sind gleich

Der Rechtsmediziner knipst das Licht aus und beleuchtet die hinter einer Scheibe an der Wand befestigten Röntgenbilder. Mit dem Finger lenkt er Lifantes Blick.

»Das ist der Kopf der Frau. Der Schlag traf sie von oben, mithilfe des gesamten Körpergewichts des Mörders. Er hielt den Schläger mit beiden Händen, und die Wucht des Schlags und sein Gewicht haben sie getötet, auch wenn es kein sauberer, klug gesetzter Treffer war. Der Schlag war eher stümperhaft. Eine kriminelle Stümperei, aber letztlich Stümperei. Kommen wir zur Röntgenaufnahme von Rocco Cavalcanti. Dem wurde ein perfekter Schlag verpasst, direkt auf die Schädelbasis, oberhalb des Genicks, damit wir uns verstehen, mit großer Perfektion, als wäre sein Kopf ein Ball gewesen. Ein Schlag von jemandem, der es gewohnt ist, einen Schläger zu benutzen, und der die nötige Muskulatur besitzt, um einen derart heftigen Schlag von der Seite ausführen zu können. Glauben Sie ja nicht, das wäre leicht. Hier, nehmen Sie diesen Schläger, und versuchen Sie Inspektor Cifuentes, der etwa so groß ist wie Sie, von der Seite zu treffen. Los, versuchen Sie es.«

Cifuentes räusperte sich.

»Aber bitte nicht im Dunkeln. Können Sie Licht machen?«

Der düstere Gerichtsmediziner tat ihm den Gefallen. Lifante nahm den Baseballschläger fest in beide Hände, stellte sich in angemessener Entfernung von seinem Assistenten auf, hob den Schläger und holte aus. Obwohl er auf den Schädel des Magisters in Bettlerkunde gezielt hatte, geriet sein Schlag wegen des Gewichts des Holzes tiefer als beabsichtigt, und Cifuentes spürte ihn wie einen Kometen zwei Zentimeter an seinem Hals vorbeizischen.

»Sehen Sie? Sie wollten ihn auf Höhe des Kopfes treffen, aber so hätten Sie ihm höchstens auf stümperhafte Art den Hals zertrümmert. Nein, der Schlag, mit dem Rocco getötet wurde, stammt von einem erfahrenen Schläger.«

»Einem Baseballspieler?«

»Ich bezweifle, dass es unter den Baseballspielern Barcelonas Mörder gibt, aber irgendein Profi, der weiß, wie man zuschlägt. Schicken Sie Ihre Informanten los.«

»Ein Mörder reicht offensichtlich nicht, muss ich wirklich zwei suchen?«

»Das ist Ihr Problem.«

Lifantes Generalstab gehörten Spezialisten der unterschiedlichsten Disziplinen an, und so wie der Magister in Bettlerkunde auch ein Experte war, was Vergewaltigungen in den Außenbezirken betraf, so wusste Rodríguez, der Fahnder von Designerdrogen und ehemalige radikale Verfechter einer makrobiologischen Ernährung, fast alles über Auftragsmörder.

»Mord ist eher selten. Aber dass jemand verletzt oder verkrüppelt wird, kommt täglich vor. Hunderttausend Peseten, für alle Fälle einen Anwalt und ein Strohmann, der die Kaution bezahlt. Wenn es um Schläge mit Baseballschlägern geht, greift man normalerweise auf Skinheads zurück, echte oder vermeintliche. Ich kann dir auf der Stelle die Namen von drei Killern aufzählen, die als Skins rumlaufen, aber keine sind.«

Lifante notiert sich die Namen und teilt die Arbeit ein.

»Curro, du nennst dich weiter Curro und redest mal ein ernstes Wörtchen mit Cayetano. Wenn du es für nötig hältst, nimmst du ihn fest und bringst ihn mir her. Und du, Ecstasy, kommst mit mir und drei Beamten mit, um Killer zu suchen. Ich weiß auch schon, wo. Ich tappe nicht gern im Dunkeln.«

Sie verbrachten den halben Nachmittag mit der Suche nach den drei Individuen. Ihre spektakulärste Aktion war die Erstürmung mehrerer ausrangierter Boote in einer alten Werft im Puerto Viejo. Ein Nest voller Ratten und Faschisten, wie ihnen der Spitzel zugeflüstert hatte. Lifante und die Seinen gingen bei der Razzia mit großer Theatralik vor, die Ausbeute waren ein paar Gras rauchende Jugendliche und ein Hund, der ihnen Gesellschaft leistete. In einem Waggon auf einer stillgelegten Strecke am Rand von Poblenou stießen sie auf ein Obdachlosenbordell mit einer Schlange alter Männer davor, die darauf warteten, als Nächster das Erste-Klasse-Abteil zu betreten, wo zwei schwarze Mädchen die Beine breitmachten. Die letzte Chance war das La Raza, ein Fitnesscenter für Kampfsportler und Bodybuilder.

Pascualet war gerade dabei, seine Muskeln zu stählen, als er sich plötzlich von seltsamen Leuten und dem erwartungsvollen Schweigen der schwitzenden Sportler umringt sah.

»Pass auf, wenn du ihm Handschellen anlegst, diese Kerle haben sogar an den Handgelenken Muskeln.«

Kaum war Pascualet in Handschellen und ziemlich aufgebracht abgeführt worden – obwohl er nach wie vor ein arrogantes Gesicht machte, wie Celso Cifuentes, ganz hysterisch wegen der vielen Muskeln, nicht müde wurde zu wiederholen –, griff der Manager des Fitnesscenters zu seinem Handy.

»Problem X4.«

Der Dicke drehte die Lautstärke hoch, damit sie den gesamten Wagen ausfüllte.

»Problem X4, Problem X4. Verhaftung durch Polizei.«

»Polizei? Habt ihr das überprüft?«

»Positiv.«

»Lifante?«

»Positiv.«

»Säuberung Wohnung, ich wiederhole, Säuberung Wohnung. Ich seh mir die Sache mal an.«

Abrupt machte der Wagen eine halbe Drehung, was alle möglichen, nicht immer verständlichen Formen der Entrüstung bei den anderen Autofahrern hervorrief. Als der Dicke vor Pascualets Domizil hielt, war die Polizei bereits da. Alquiles beschränkte sich nicht darauf, die Position des Fensters auszumachen, hinter dem die Wohnung des Bodybuilders lag. Er öffnete das Handschuhfach, und eine winzige Abhöranlage kam zum Vorschein. Auf diese Weise konnte er sich ein Bild davon machen, was hinter der Scheibe auf Etage 6D geschah, und mithören, was die Polizeibeamten Pascualet zu sagen hatten. Lifante hielt ihm einen Baseballschläger vor die Nase.

»Habt ihr damit auf die Bettlerin und Rocco eingeschlagen?«

»Ich weiß nicht, wovon Sie reden.«

»Du weißt ganz genau, welche Bettlerin ich meine. Woher wusstet ihr, dass sie Rocco Cavalcanti geholfen hat?«

»Ich weiß nicht, wovon Sie reden. Ihr könnt den Schläger gerne untersuchen, außer Kopfhaut von Schwulen werdet ihr nichts finden.«

»Wenn es nicht dieser Schläger war, dann irgendein anderer, den du dir von deinen Kumpels besorgt hast. Mal sehen, wie dir das gefällt, wenn wir dich in eine dunkle Zelle stecken, Muskelprotz. Da werden deine hübschen Muskeln schnell schrumpfen.«

Während er weiter das Gespräch abhörte, telefonierte der Dicke im Wagen.

»Osorio, ich brauche einen Anwalt, aber beeil dich. Der Typ macht schlapp, wenn er zwölf Stunden keine Eiweißpräparate kriegt. Ich werd denen da oben mal richtig den Kopf waschen.«

Lifante und der Dicke trafen fast im selben Moment vor dem Polizeipräsidium ein. Jorge Basualdo, ein vierundzwanzigstündiger Faschistenbefreier und Anwalt von Pascual Esteve Macanaz, alias *Pascualet*, war bereits da.

»Sieh an, Basualdo. Mal wieder schneller als der Verhaftete.«

»Man muss eben wissen, wer gerade festgenommen wird.«

Im selben Augenblick betrat der Dicke mit einem gequälten Zug um die Lippen das Büro des Polizeipräsidenten.

»Ich bin wirklich verzweifelt, Chef. Alles, was wir besprochen haben, war umsonst. Dieser Lifante schnüffelt mir zu viel herum. Offen gestanden, ich verstehe das, und ich weiß, das Gesetz steht über allem. Aber angesichts der Logik der historischen Entwicklung ist das Gesetz eine blinde Dame. Ihr Inspektor hat Pascualet verhaftet, eine Institution innerhalb der illegalen Gruppen, die Ende der siebziger, Anfang der achtziger Jahre in Argentinien aktiv waren. Er wurde in Bolivien ausgebildet, zusammen mit den Italienern. Sie alle stehen in Kontakt mit spanischen Funktionären und anderen Personen in leitender Funktion, die das alte Regime überdauert haben. Wollen Sie, dass dieser ganze Abschaum wieder ans Licht kommt? Wie soll die aktuelle Regierung einen Vorteil aus der Offensive gegen die radikalen Gruppen der GAL ziehen, wenn jederzeit und überall ähnliche Gruppierungen auftauchen? Sie sind ein Profi, das weiß ich. Deshalb sollten Sie nicht vergessen, dass ich für die gesamte Polizei von Rosario verantwortlich war, der Heimat des Che, und das während des Prozesses der nationalen Reorganisation! Reden Sie mit Ihren Vorgesetzten. Wir brauchen dringend eine politische Entscheidung, werter Freund. Einen Schuldigen haben wir bereits, einen, der uns keine Probleme machen wird. Ich rede von diesem störrischen Bettler, Cayetano, so heißt er, glaube ich. So einfach lässt sich die Sache lösen.«

Im selben Moment hatte Inspektor Lifante einen Beschluss gefasst.

»Ich will, dass ihr den Fund von Rocco Cavalcantis Leiche publik macht. Deutet an, dass es sich um eine Abrechnung zwischen Drogenbanden handelt, aber es darf nicht der Eindruck entstehen, dass die Sache etwas mit dem Fall Helga Muchnik zu tun hat.«

Eine Viertelstunde später ging das Fax in den Redaktionen der wichtigsten Tageszeitungen, Radiosender und Fernsehkanäle der Stadt ein und rief kaum ein müdes Augenbrauenhochziehen bei irgendwelchen jungen Studenten der Informationswissenschaften hervor, die gerade ihr Praktikum absolvierten. Der eine oder andere versuchte seinen Vorgesetzten davon zu überzeugen, der Meldung nachzugehen, aber ein toter Dealer mehr oder weniger, was spielte das für eine Rolle? Der Polizeipräsident war da anderer Meinung.

»Lifante, sind Sie wahnsinnig geworden? Ein Streit zwischen Dealern, und Sie verhaften einen gefährlichen Gewalttäter, einen rechtsradikalen Schlägertypen? Wollen Sie einen Skandal? Hat dieser Fascho was gestanden?«

»Nein.«

»Dann raus mit Ihnen. Stellen Sie sich das einmal vor: Rechtsradikale, Bettler, Drogendealer – und die Rechte an der Macht. Das nützt nur den Sozis.«

16 Wer ist der Vater von Helgas Sohn?

An der ersten Station des Leidenswegs der Schönheitsbehandlung blieb Gilda Muchnik vor dem Spiegel stehen und wagte nicht zu fragen, ob sie noch immer die Schönste im ganzen Land sei. Sie fürchtete, der Spiegel könne ihr antworten: Nein, das ist noch immer Helga. Drei Stunden ließ sie eine ganze Reihe von Restaurationsarbeiten über sich ergehen: Zuerst Schwachstrom gegen die Orangenhaut und die Schmerzen in der Lendengegend, dann Elektrotherapie, und zu guter Letzt wurde sie von oben bis unten mit Schlamm eingerieben und in mehrere Decken und Laken gehüllt, damit sie schön warm blieb. Ihr Körper lag da wie eine Mumie, eingeschmiert mit Vulkanschlamm, bis das Klingeln eines Weckers sie erlöste und sie von ihrem Schweißtuch befreite. Zum Vorschein kam der Akt einer Frau irgendwo zwischen ihrer ersten und zweiten Jugend. Sie ging zur Dusche wie die missratene Tochter des Pharaos, die den Wunsch verspürt, einfach nur abzuhauen. Unter dem Wasserstrahl kehrte ihr Körper in die Wirklichkeit zurück, und mit einem Anflug von Ekel spülte sie sich den restlichen Schlamm ab. Es war Zeit für die Massage, Gesicht inklusive, unter den wuchtigen Pranken einer achtzig Kilo schweren Masseurin.

»Das Doppelkinn. Bearbeiten Sie das Doppelkinn.«

»Aber Sie haben doch überhaupt keins.«

»Danke, aber ich weiß selbst am besten, ob ich ein Doppelkinn habe. Alle Frauen in meiner Familie hatten ein leichtes Doppelkinn.«

Als die Prozedur überstanden war, begutachtete sie das Resultat im Spiegel. »Und wenn ich mir das Gesicht liften lasse? Eine Collagenbehandlung?«

»Ich würde damit noch etwas warten. Wenn Sie Ihre Haut ganz normal pflegen ...«

»Ein kleines bisschen Collagen, oder? Das macht doch jede.«

»Alles zu seiner Zeit.«

»Aber wann ist der richtige Moment? Na schön, wenn Sie es sagen. Ich habe Angst vor dem Älterwerden, zumindest vor der Vorstellung, man könne mir ansehen, dass ich älter werde. Ich habe es so geliebt, mich auf der Segelyacht meines Mannes zu sonnen, und jetzt diese Panik. Der Krebs, die Flecken. Man hat nur einen Körper im Leben. Collagen, oder?«

Die Masseurin zuckte mit den Achseln, aber es sollte kein Zeichen von Gleichgültigkeit sein, sondern nur die Freundlichkeit, einer Kundin ihre Entscheidungsfähigkeit zurückzugeben. Als Gildas Figur und ihre bürgerliche Maske wiederhergestellt waren, blickte die Masseurin sie ein letztes Mal genervt an. Während sie einen neuen Termin vereinbarten, war ihr Blick wieder fröhlich, obwohl Gilda eine gewisse Feindseligkeit in ihren Augen wahrzunehmen glaubte.

»Collagen. Vielleicht haben Sie Recht. Ich glaube, Schuld am Ozonloch hat das ganze Collagen, das sich die Argentinierinnen spritzen lassen. In meiner Heimat machen das sogar die Männer. Wir hatten mal einen Minister, der ließ sich den Arsch operieren, weil er ihm zu rund war, und Alfonsín, ein Regierungschef, hat sich die Ohren entfernen lassen. Der Arme sah aus wie kastriert.«

Fröhlich lachend verließ sie das Schönheitsinstitut Nefer, und als das Lachen bereits einem Lächeln gewichen war, verging ihr auch das. Carvalho versperrte ihr den Weg zu ihrem Auto. Sie tat, als würde sie ihn nicht erkennen, aber der Detektiv begrüßte sie mit einem solchen Überschwang an Konnotationen und Evokationen, dass Gilda nichts anderes übrigblieb, als seine Wiedersehensfreude zu erwidern.

»Wo Sie gerade aufbrechen, könnten Sie mir einen Gefallen tun und mich in die Stadt mitnehmen. Ich bin ohne Auto hier, weil mir die genaue Lage dieses wundersamen Ortes nicht bekannt war. Innerhalb einer halben Stunde habe ich ungefähr zwanzig Frauen herauskommen sehen, die ich von der Titelseite der *Hola* kenne.«

Gilda fuhr in doppelter Hinsicht aufmerksam: zum einen wegen der unzähligen Autos, die sich auf die Ronda de Dalt zu zwängen versuchten, zum anderen wegen Carvalhos Präsenz an ihrer Seite, der sich behaglich im Sitz rekelte, die Hände entspannt im Nacken verschränkt.

»Es ist alles gesagt, was ich über meine Schwester weiß.«

»Manches will mir nicht ganz einleuchten, Señora Muchnik. Im Schönheitszentrum haben Sie sich als Señora Muchnik angemeldet.«

»Mein Mann ist etwas eigen, er hasst überflüssige Ausgaben.«

Carvalho schnellte nach vorne und sah sie an.

»Überflüssige? Da hat er womöglich nicht ganz Unrecht. Sie müssen nichts an sich machen, um als Kinostar durchzugehen. Wollten Sie auch ein Kinostar werden?«

»Das war Helgas Rolle. Ich habe eine andere Erfüllung gefunden: meinen Ehemann und meine Kinder.«

»Ihre Kinder.«

Gilda drehte sich zur Seite und sah ihn herausfordernd an.

»Ja, meine Kinder.«

»Das verstehe ich nicht, Señora Olavarría.«

»Muchnik, wenn es Sie nicht stört.«

»Wo waren wir stehengeblieben? *Ja zu Kindern, nein zu Ehemännern.* Eine alte subversive Parole. Ich wiederhole, einiges leuchtet mir nicht ganz ein. Den offiziellen Angaben zufolge haben Sie zwei Kinder gezeugt und auf die Welt gebracht, einen Jungen und ein Mädchen. Verantwortlich für die beiden ist Bobby Olavarría, wie der Name Ihres Mannes lautet. Bei Ihnen zu Hause wohnen aber drei Kinder; die beiden genannten und ein weiterer Junge. Der Junge kam dazu, als er fünfzehn war. Vor etwa ... Vor wie vielen Jahren? Ist er adoptiert?«

»Sagen wir Ja.«

»Sagen wir Nein.«

Gilda fehlte der Mut, seinem Blick standzuhalten. Sie steuerte das erstbeste Parkhaus an, eins von diesen Parkhäusern, dachte Carvalho, die durch den Pakt zweier Verbrecher entstanden waren – des Stadtrats und des Grundstückseigentümers – und die nur zwei Ziele hatten: so viele Autos wie möglich unterzubringen und sie zu zwingen, beim Parken die Wände zu streifen oder andere Fahrzeuge zu zerkratzen und dadurch sämtliche Autowerkstätten der Stadt zu bereichern. Gilda stellte den Wagen ab, die linke Seite der Karosserie war ein Fall für die Versicherung. Carvalho hatte schweigend zugesehen, wie sie nichts unversucht gelassen hatte, um auch wirklich an allen Wänden dieses Autoschlachthofs entlangzukratzen. Gilda entspannte sich und drehte sich zu ihm. Sie sah schön aus. Sie war schön.

»Helga hat ihn zu uns gebracht, vor acht, neun Jahren. Sie konnte nicht für ihn sorgen. Ich half ihr, so gut es ging, aber sie konnte ja nicht mal für sich selber sorgen. Es war hart, meine Schwester in einem solchen Zustand zu sehen.«

»Und Ihr Mann, hat er das Kind angenommen?«

»Zähneknirschend. Aber das war nichts Neues. Er schluckt alles zähneknirschend. Er macht alles im Leben so. Sogar beten.«

»Er betet?«

»Beim Opus Dei wird viel gebetet. Zumindest gehört mein Mann dem betenden Flügel an.«

»Das hätte ich nie gedacht. Aber wahrscheinlich beten sie per Telefon, Internet oder Fax. Eine moderne Form des Katholizismus. Was ich nicht glauben kann, ist, dass Helga ihren Sohn weggibt und sich danach nicht mehr für ihn interessiert, dass sie überhaupt nicht mehr versucht, Kontakt mit ihm aufzunehmen.«

»Das war die Bedingung meines Mannes. Er konnte sie nicht ausstehen. Helga verkörperte alles, was er an Frauen hasste, vor allem ihre Dreistigkeit und das Fehlen jeglichen Schuldbewusstseins.«

»Warum ging Helga nach Spanien? Warum sind Sie und Ihr Mann hierhergekommen?«

Gilda überlegt, was sie antworten soll. Sie sieht ihn prüfend an, als wollte sie abwägen, ob er eine so vertrauliche Mitteilung verdient hat.

»Als es mit dem Militär zu Ende ging, musste mein Mann Argentinien verlassen. Kein Militär, kein Olavarría. Während der Diktatur hatte er alle möglichen Posten inne. Anfangs war mir das egal, weil er mir egal war, um ehrlich zu sein, aber als es mit der ganzen Farce den Bach runterging, wurde Bobby nervös, und als Richter Strassera die ersten Prozesse anstrengte, sind wir nach Spanien gegangen.«

Carvalho dankt ihr den Vertrauensbeweis mit einem Nicken und fragt mit sanfter Stimme im Stile eines besten Freundes:

»Ihre Schwester kam hierher, weil sie Angst vor dem Militär, und Sie, weil Ihr Mann Angst vor der Demokratie hatte?«

»So ungefähr, obwohl mir Helgas Motive nie hundertprozentig klar waren. Angst. Ja, sie hatte Angst, auch ihre Abneigung gegen Bobby kam mir manchmal wie Angst vor.«

»Hat Ihre Schwester Ihnen irgendwann einmal von Rocco erzählt? Einem ehemaligen Professor?«

»Sie hat mit ihm geflirtet. Meine Schwester und mich trennten nicht allzu viele Jahre, und ich erinnere mich, wie angetan er von ihr war. Ich wünschte, sie wäre bei ihm geblieben. Dann wäre ihr Leben normal verlaufen.«

»Und die beiden Schwestern würden jetzt gemeinsam zur Massage ins Schönheitsinstitut Nefer gehen. Sie haben Rocco nicht zufällig in der letzten Zeit gesehen? Vielleicht ist er ebenfalls ermordet worden. Er ist verschwunden.«

Sie hielt seinem Blick stand. Bis Carvalho sie mit seiner nächsten Frage überraschte.

»Wer ist der Vater von Helgas Sohn?«

17 Muss ich diese Kaktusfeige essen?

Pepita de Calahorras Hals ist zu kurz, um den Kopf zu drehen und die Wirkung, die Aquiles' Charme auf sie ausübt, im richtigen Maß zum Ausdruck zu bringen. »Was für ein Mann!«, ruft sie, und: »Dieser Mann!«

Halb verborgen hinter seinem viel zu hohen Glas mit Ron Collins teilte Biscuter ihre Freude.

»Vorsicht!«, betonte er. »Ron Collins, nicht Tom Collins.«

Der Dicke zwinkerte ihm zu.

»Du verstehst was vom Trinken, Junge.«

Da fragte Pepita de Calahorra Aquiles:

»Wie konnten Sie bloß so dick werden, ohne zu platzen?«

»Als Kind war ich ein dürrer Hering, bis meine Oma anfing, mich zu füttern.«

»Und das geht bis heute so?«

»Meine Oma lebt noch, jeden Morgen wiegt sie mich, und wehe, wenn ich nicht wenigstens ein halbes Kilo abgenommen habe.«

Pepita de Calahorra bog sich vor Lachen, und auch Biscuter leistete seinen Beitrag zur allgemeinen Heiterkeit, *wirklich klasse, der Mann hat Esprit!*

Die Calahorra weinte, Aquiles weinte, und auf die Tränen folgte die Wehmut über das, was vom La Dolce Vita übriggeblieben war.

»Wenn ich zurückdenke, wie ich vor vierzig Jahren in diesem Laden gesessen habe, und wie du, Pepita, eine junge Dame, fast noch ein Mädchen, umhergeflattert bist und dabei *Volare* gesungen hast. Damals war ich jede Nacht der letzte Gast in den Kneipen Barcelonas.«

»Hier, trink, und ich in denen von Andorra«, schaltete sich Biscuter ein, ohne dass es ihm gelungen wäre, die

Erinnerungen des weißgekleideten Dicken in andere Bahnen zu lenken.

»Das sind die besten Jahre deines Lebens, die Zeit, in der du noch keine Verantwortung tragen musst, wo du verrückt sein darfst, wie es so schön heißt. Deshalb besuche ich jedes Mal das La Dolce Vita, wenn ich nach Barcelona komme, und dass diese Ruine die Ruine des ehemals berühmtesten Nachtlokals von Barcelona ist, macht mich unendlich traurig. Was für ein Schmerz! Hätten wir magische Augen, könnten wir in den vier schattigen Ecken dieses Lokals die Gesichter der vielen Menschen sehen, die hier einst glücklich waren. Ich kann mich noch gut an ein Mädchen erinnern, eine Landsmännin, eine argentinische Schönheit, die man in Buenos Aires ziemlich protegiert hat, um aus ihr eine Emmanuelle zu machen, die argentinische Emmanuelle. Ich habe sie hier gesehen, auf diesem Sockel da vorne. Vor zehn Jahren? Oder waren es acht?«

»Gut und gerne zehn.«

Pepita ließ Aquiles noch tiefer in Melancholie versinken.

»Zehn Jahre, kaum zu glauben!«

Er hob sein Glas und forderte Biscuter auf, mit ihm anzustoßen. Pepita leistete ihm Beistand. Dann nahm Aquiles eine von Pepitas Händen und küsste sie. Er ließ sie nicht gleich wieder los, sondern sah die Frau mit einem herausfordernden Funkeln in den Augen an.

»Geben Sie mir meine Hand zurück. Ich weiß, dass Sie alles essen, was Sie in die Finger kriegen, aber meine Hände sind keine *botifarrons*.«

Aquiles trällerte:

Ich muss diese Kaktusfeige essen
ich muss diese Kaktusfeige essen
ich muss diese Kaktusfeige essen
auch wenn es mich die Hand kostet.

Pepita de Calahorra zog ihre Hand zurück und tat beleidigt.

»Werden Sie nicht unverschämt. Ich weiß genau, was Sie mit ›Kaktusfeige‹ meinen.«

»Ich würde sie mit Stacheln und allem Drum und Dran verschlingen. *Carpe diem!*«

»Wie gebildet mein Kannibale doch ist.«

»*Longa est vita si plena est.*«

»*Primum vivere, deinde philosophari*«, mischte sich Biscuter ein und durchtrennte den Schleimfaden, der sich zwischen dem Dicken und dem früheren Chansonstar gebildet hatte.

»Übrigens, Don Aquiles, ich würde liebend gerne mehr über diese Frau erfahren, an die Sie sich erinnert haben, die argentinische Emmanuelle, obwohl wir sie lieber Helga Muchnik nennen sollten, wie sie in Wirklichkeit hieß, oder Helga Singer, wie ihr Künstlername lautete.«

»Lustig, wie viel Sie über meine Landsmännin wissen, mein lieber Plegamans.«

»Nicht genug, aber wenn wir schon einmal dabei sind, möchte ich Sie bitten, mir alles zu erzählen, was Sie über die besagte Person wissen.«

Aquiles zuckte mit den Achseln. Viel mehr könne er ihm nicht sagen, ob denn in letzter Zeit etwas geschehen sei, was Helga betreffe?

»Möglicherweise«, antwortete Biscuter geheimnisvoll, während er Pepita davor warnte, dem Mann zur Seite zu stehen. Aquiles würde sich schon eine Bresche durch das Dickicht seiner Erinnerungen schlagen.

»Jetzt erinnere ich mich. Emmanuelle oder wie ihr Name lautet, ich habe sie immer nur Emmanuelle genannt, war mit so einem bärtigen Kerl zusammen, einem von diesen argentinischen Professoren mit Bart und langen Haaren. Er hatte seine Mähne zu einem Pferdeschwanz gebunden. Was für ein Schauspiel. Mir ist das scheißegal, wenn Männer einen Zopf tragen, verzeihen Sie den Ausdruck, Señora Pepita. Jedenfalls hieß dieser Professor Roque oder so ähnlich.«

»Rocco«, korrigierte Biscuter und versetzte den Dicken erneut in Staunen. Aquiles bestellte eine weitere Runde Ron Collins bei Pepita de Calahorra, der Eigentümerin, Kellnerin und Putzfrau des La Dolce Vita, doch diesmal kam ihr Biscuter nicht zu Hilfe, und Pepita spielte die Rolle der Ohnmächtigen, die kurz davor war, zu Boden zu sinken. Aquiles zog fünf Zehntausend-Peseten-Scheine aus der Tasche und wedelte damit herum, laut zweifelnd, ob das reichen würde. Die Calahorra riss ihm zwei Scheine aus der Hand und zeigte sich großzügig.

»Der Rest geht aufs Haus.«

Der Dicke weigerte sich, das Angebot anzunehmen, und ließ einen weiteren Schein auf den rissigen Marmortresen fallen, doch noch bevor das Geld gelandet war, schnappte Pepita es im Flug. Aquiles hielt ihnen seine Visitenkarte hin.

»Ich bin neugierig, mehr über das Schicksal von Helga und diesem Kerl mit dem Pferdeschwanz zu erfahren. Falls Sie etwas hören, können Sie mich jederzeit im Hotel Juan Carlos erreichen.«

Er küsste der Gastgeberin ein paarmal die Hand, zog Biscuter an seine Brust und schüttelte ihn überschwänglich, warf einen letzten melancholischen Blick auf das La Dolce Vita, wischte sich die Tränen ab, die ihm in die Augen gestiegen waren, und verließ das Lokal. Auch Pepita de Calahorra war traurig. Sie nahm Biscuters kleinen Kopf zwischen die Hände und presste ihn gegen ihre Brust, doch dann drückte sie ihn plötzlich wieder von sich weg, während sie ihn weiter festhielt und anstarrte, als wäre es Yoriks Schädel.

»Dass ich dich an meine Brust drücke, ist das eine, dass du das sofort ausnutzt, etwas anderes, schließlich bin ich nicht aus Stein. Du hast deine Nase an meinen Brüsten gerieben.«

Biscuter verstand nicht, warum sie sich beklagte, aber da war Pepita bereits aufgestanden und zog ihn hinter sich her zum Zwischengeschoss, das früher einmal das Büro der Geschäftsführung beherbergt hatte und jetzt bloß noch als Katzenasyl diente. Oben angekommen, riss Pepita ihm auf einem von Ratten angenagten Empire-Canapé voller Katzenpisse mit stürmischen Bewegungen die Kleider vom Leib. Dabei trällerte sie fröhlich: »Ich muss diese Kaktusfeige essen, ich muss diese Kaktusfeige essen ...« Carvalhos Partner war zu keiner Reaktion fähig, und fast übergangslos sah er seine Kaktusfeige in Anspruch genommen und sich auf den drei Schinken von Pepita reiten, die zwar keinen Slip mehr, dafür aber noch immer ihren gutbestückten Büstenhalter anhatte, einen von denen mit gekreuzten Trägern, die auf magische Weise in der Lage waren, ihre gewaltigen Hängebrüste zu halten. Der blinde Biscuter – er hatte seine winzigen Augen geschlossen, um die Angst vor so viel Maßlosigkeit zu verlieren – überließ sich den sexuellen Zuckungen der erfahrenen Chansonsängerin, bis er irgendwann völlig ausgepumpt auf ihre Brüste sank, die mittlerweile von dem schrankgroßen BH befreit waren. Er versuchte seine Arme um die befriedigte Frau zu legen, aber sie waren nicht lang genug, um sie vollständig zu umfassen.

»Wie gut deine Kaktusfeige schmeckt, das kleine Kaktusfeigchen, Papitu.«

»Werd nicht ordinär. Ich denke nach, und man denkt nicht mit der Kaktusfeige.«

»Und der Rest, wie war's? Gekonnt ist gekonnt, was? Du bist nicht gerade ein japanischer Sexathlet, aber für dein Alter und deine Größe war das nicht schlecht.«

»Mein Spitzname war Hurenbock aus der Pampa.«

»Das ist keine große Leistung, so unbewohnt, wie die Pampa ist, aber in meinem Alter schaut man einem geschenkten

Fick nicht ins Maul. Worüber denkt mein kleiner Hurenbock aus der Pampa denn nach?«

Die gesamte Morphologie seines Gesichts verriet angestrengtes Denken.

»Ich dachte an den Dicken. Das sind mir ein bisschen zu viele Zufälle. Nach ewiger Zeit taucht er plötzlich wieder in der Bar seiner Jugend auf und beginnt sich zu erinnern. An Helga, sogar an Rocco. Hast du Rocco kennengelernt?«

Pepita behagte das Thema nicht. Verzweifelt versuchte sie, ihre straffe, gnadenlos geliftete Stirn zu runzeln.

»Ach!«, seufzte sie. »Ihr Männer habt aber auch nie ein Gefühl für die Situation. Findest du, das ist der geeignete Moment, um einen auf Sherlock Holmes zu machen?«

Biscuter erzählte ihr von Roccos Besuch in Carvalhos Büro und den schlechten Manieren, die er dabei an den Tag gelegt hatte, bekam jedoch keine Antworten, sondern stellte nur eine wachsende Unruhe bei Pepita fest, die wieder ihre schwerfällige Art angenommen hatte und den Wunsch verspürte, ihr Liebhaber für einen Tag möge wieder dahin verschwinden, woher er gekommen war.

»Merkwürdig, Pepita, aber neulich Abend bin ich vor der Tür auf den Dicken in dem weißen Anzug gestoßen, und kurz darauf bestellst du mich aus wer weiß welchen Gründen ins La Dolce Vita, und da treffe ich schon wieder auf dieses sentimentale Nilpferd. Was soll das, Pepita?«

Pepita de Calahorras Stimme wurde laut.

»Merk dir eins, man steckt seine Nase nicht in Dinge, die einen nichts angehen.«

18 Der Dicke erläutert seine Philosophie der Geschichte

»Sie sagen jetzt nichts und lassen mich reden. Bis vor vierundzwanzig Stunden hatten wir alles unter Kontrolle, und plötzlich ist die Situation aus dem Ruder gelaufen. Sogar eine Leiche fehlt uns. Wo ist Rocco? Wo ist Roccos Leiche? Laut des Polizeipräsidenten, der gut daran getan hat, mich zu empfangen, hält es der zuständige Inspektor für unbedingt erforderlich, die Nachricht und die Leiche bis auf Weiteres zu verschweigen. Der Polizeipräsident versteht, wie peinlich und kompliziert die Angelegenheit von Grund auf ist, und er wird alles tun, damit die Vergangenheit ruht und die Zeiten der antidemokratischen« – er wiederholte mehrfach das Wort *antidemokratischen* – »Zusammenarbeit nicht wieder aufleben. Der Polizeipräsident ist ein überzeugter Demokrat und würde es nicht wollen, wenn die Mitte-Rechts-Regierung« – er wiederholte mehrfach das mit der Mitte-Rechts-Regierung – »auch nur andeutungsweise mit rechtsextremen Intrigen in Zusammenhang gebracht würde, weder jetzt noch in der Vergangenheit, als viele derer, die heute Mitte-rechts sind, einfach nur vordemokratische Rechte waren.«

Auch das Wort *vordemokratische* wiederholte er mehrfach.

»Was für ein Depp. Dem werd ich zeigen, was Demokratie heißt.«

Gesprochen hatte derjenige, der im Tandem Osorio & Olavarría offenbar das Sagen hatte. Olavarría, Helgas Schwager, war der Schweigsame, Osorio der Cholerische. Der Dicke zuckte mit den Schultern und wartete auf eine Stellungnahme seiner Gesprächspartner. Osorio & Olavarría blieben stumm.

»Ich habe getan, was Sie von mir verlangt haben, Oberst. Hauptmann Doreste hat zu mir gesagt: ›Nimm den nächsten Flug nach Barcelona und lös das Problem, das Oberst Osorio verursacht hat.‹ Schade, dass Sie die Kontrolle über Rocco verloren haben und wir ihm Zeit gelassen haben, seine Exfrau und diesen Privatdetektiv einzuschalten. Aber machen Sie sich wegen des Detektivs keine Sorgen, er wird nur das sehen und hören, was er sehen und hören soll, immer vorausgesetzt, der mit dem Fall beauftragte Inspektor spielt nicht den Schlauberger oder den Verfassungsexperten. Übrigens hat dieser Detektiv einen Assistenten wie aus einem Film, einem ziemlich witzigen Film.«

»Wir müssen ihnen den Mörder liefern. Wir haben ihn, oder?«

Der Dicke bremste Osorios Entschlossenheit.

»Lifante, so heißt der mit dem Fall betraute Inspektor, soll selbst herausfinden, wer Helgas Mörder ist, und ihm auch den Mord an Rocco zuschreiben. Das war nämlich ein anderer, wir konnten ihn nicht dazu bringen, Helga zu töten, aber wenn Helgas Mörder erst mal den einen Mord gesteht, dann wird er auch den anderen auf sich nehmen. Für eine halbe Million Peseten würde dieser elende Hund sogar seine Mutter umbringen.«

Osorio beruhigte das nicht.

»Ich weiß nicht, ich weiß nicht. Da, wo Sie herkommen, in Buenos Aires, sind Sie die Besten. Doreste ist ein Genie, Sie auch, aber das hier ist etwas völlig anderes. Hier gibt es keine Verbindungen mehr zwischen Polizei und paramilitärischen Gruppen. Ich will nicht, dass die Sache ans Licht kommt und hier irgendwelche Journalisten herumschnüffeln.«

»Hier tauchen täglich tote Obdachlose auf, kein Polizist der Welt würde auch nur zwanzig Pesos geben, um die Namen der Mörder zu erfahren.«

Der Dicke geht, dreht sich aber im Türrahmen noch einmal um. Er zeigt auf Olavarría.

»Passen Sie gut auf Ihren Partner auf, Osorio, er hat schon genug angestellt. Um alles andere kümmere ich mich.«

Er trat auf die Straße und ging zu den Galerías Condal, wo ein Laden für argentinische Produkte aufgemacht hatte. Er kaufte ein paar alte Zeitungen, verschiedene Illustrierte und eine Dose *Dulce de leche*, die er später im Hotel auslöffeln wollte. Als er wieder auf dem Paseo de Gracia war, besorgte er sich noch einige lokale Zeitungen. Während des Frühstücks im Tapa-Tapa an der Ecke Paseo de Gracia und Consejo de Ciento fiel sein Blick auf die Meldung über den Fund von Roccos Leiche.

»Verfluchte Scheiße, was für Anfänger.«

Er winkte das erstbeste Taxi herbei und ließ sich zur Ecke fahren, wo die Conde del Asalto auf die Peracamps stößt. Der Fahrer gehörte zu jener Sorte Taxifahrer, die eifrige Vertreter des Monologs waren.

»Früher habe ich dieses Viertel wie meine Westentasche gekannt, und das will was heißen, aber jetzt wird fast jeden Tag ein ganzer Häuserblock plattgemacht und eine neue Straße für den Verkehr geöffnet. Nur die Menschen bleiben dieselben, und derselbe Müll liegt an den Ecken rum. Die alten Nutten wissen schon gar nicht mehr, wo sie ihren Arsch anlehnen sollen. Die Hauswände hat man ihnen genommen, und jetzt müssen sie stundenlang auf einem Bein ausharren. Und dann auf dem anderen. Und kriegen immer mehr Krampfadern. Wenn ich an ihnen vorbeifahre, kann ich die Krampfadern fast vom Wagen aus sehen.«

Die Zeit, die Zeit, die Zeit!, kommentierte der Dicke melancholisch. Er vergütete die Beredsamkeit des Taxifahrers mit einem großzügigen Trinkgeld, betrat auf seinen kleinen Füßen schwankend das, was von der Calle de las Tapias geblieben war, und machte sich auf die Suche nach dem

La Dolce Vita. Pepita de Calahorra fütterte gerade die zwölf Katzen des Nachtclubs mit Sardinenköpfen. Als sie das aufgedunsene Babygesicht des Dicken im Türrahmen sah, erstarrte sie.

»Schon wieder Sie? Wollten wir uns nicht so selten wie möglich sehen?«

»Ich komme nur, wenn es nötig ist.«

Der Dicke ging auf den ehemaligen Chansonstar zu, sie wich einen Schritt zurück.

»Du schlägst mich nicht noch einmal.«

»Wer redet denn von schlagen? Ich bin hier, damit du mir hübsch deine Lektion aufsagst. Ich will nur sehen, ob du sie noch weißt, falls dich die Polizei fragt.«

»Die Polizei?«

»Die Polizei. Haben Sie Rocco Cavalcanti geholfen, sich zu verstecken, weil Helga Muchnik Sie darum gebeten hat?«

Während Pepita nachdachte, kam ihre kleine violette Zunge zwischen den Lippen zum Vorschein. Dann sagte sie ihre Lektion auf.

»Für eine Freundin hätte ich das und vieles mehr getan. Er war ja schließlich nicht vor der Polizei auf der Flucht.«

»Gut. Wie lange war er hier, in diesem Lokal?«

»Bis Cayetano ihn abgeholt hat, dieser Obdachlose, der so was wie Helgas Freund war. Rocco ging mit ihm weg und tschüss. Er hat sich auf die französische Art verabschiedet.«

»Das mit der französischen Art stammt von dir.«

»In Spanien sagt man ›auf die französische Art‹, wenn jemand abhaut, ohne sich zu verabschieden.«

Der Dicke streckte einen Finger vor, der aussah wie ein Pistolenlauf, und zielte auf Pepita.

»Roccos Leiche wurde gefunden, und jetzt hängt alles davon ab, dass du an dieser Geschichte festhältst, vor allem, dass Cayetano hier war und Rocco abgeholt hat, richtig?«

Pepita war schockiert.

»Tot? Wer hat das getan?«

»Was glaubst du?«

»Du?«

Der Dicke holte tief Luft, als wollte er sich beruhigen, doch dann versetzte er Pepita de Calahorras drittem Magen mit einer für den Raum, den er in dieser Welt einnahm, ungewöhnlich flinken Bewegung einen Faustschlag.

»Idiotin! Wer hat ihn wohl umgebracht, wenn er mit Cayetano weggegangen ist?«

»Cayetano.«

Sie wimmerte kläglich, als der Dicke fünf Zehntausend-Peseten-Scheine aus seiner rechten Sakkotasche zog, als hätte er dort immer so viel Geld, und sie ihr in den Ausschnitt steckte. Pepita zog die Banknoten aus ihrem Schlupfwinkel. Als sie anfing, die Scheine zu zählen, verschlang Aquiles' Pranke eines ihrer Handgelenke wie eine fleischfressende Pflanze, und sein kloakenähnlicher Mund kam immer näher, um ihr die letzten Anweisungen zu geben.

»Wenn du brav bist, bin ich auch brav. Wo es zwei Leichen gibt, kann es auch schnell drei geben.«

Diesmal war der Taxifahrer stumm, und Aquiles konnte sich mit der Betrachtung Barcelonas zerstreuen, dieser Stadt am Meer, die er zum ersten Mal in den vierziger Jahren besucht hatte, als Kadett der argentinischen Marine, einer Schule der Tapferkeit und militärischen Kultur, die ihn für den Rest des Lebens prägen sollte. Das Spanien der vierziger Jahre war ihm wie Rumänien vorgekommen; schlimmer noch, wie Albanien. Die Kadetten hatten damals Fleischkonserven über die Kaimauern geworfen, und die Leute hatten sich darauf gestürzt wie auf einen Schatz.

»Argentinien wird wieder die gute alte Mutterkuh sein, und es wird eine neue argentinische Identität entstehen!«

Der Taxifahrer schien seinen Enthusiasmus nicht zu teilen und beschränkte sich darauf, ihn am Anfang der Avenida

Don Juan de Borbón abzusetzen, direkt vor dem Club de Natación de Barcelona, wo die Hafenmole beginnt. Er wartete, bis sich das Taxi entfernt hatte, ging zu einem Lagerhaus mit Toren aus Wellblech und trat sechsmal gegen eins der Bleche. Kurz darauf wurden die sechs Fußtritte von innen erwidert, und das Tor öffnete sich, um den Blick auf eine leere, höhlenartige Lagerhalle freizugeben. Hinter dem Dicken senkte sich der eiserne Vorhang wieder, und ein stummer Pförtner knipste eine Taschenlampe an, um ihm den Weg zu weisen, während er ihn einsilbig auf die Fallen hinwies, in die er treten konnte. Sie stiegen eine Metalltreppe hoch, die in den ersten Stock führte. Dort gab es Licht, genug, damit der Dicke die sechs hünenhaften Männer zählen konnte, die ihn bereits erwarteten. Er zeigte auf Pascualet.

»Was hast du hier zu suchen? Willst du alles vermasseln? Du kommst frisch aus dem Polizeipräsidium und tauchst hier auf. Idiot. Mach Urlaub. Geh eine Weile nach Madrid, um dunkelhäutige Mittelamerikaner, verkappte Päderasten oder Schwuchteln zu vermöbeln. Ihr anderen folgt mir.«

Der wild gestikulierende Pascualet wurde von der Herde abgesondert, und der Gute Hirte beachtete ihn nicht weiter und sprach zu seinen Schafen:

»Wir müssen leider ein paar Leuten einen Schrecken einjagen. Ohne Angst keine Zivilisation. Einen kleinen Schrecken für einen zweitklassigen Schnüffler und einen etwas größeren für eine subversive Professorin, die es nicht verdient, am Leben zu bleiben.«

19 Opfer des Alkohols oder der Metaphysik

Kaum hatte Gualterio gesagt: »Ich werde dir mein Herz ausschütten, Plegamans«, wusste Biscuter, dass er ihm wirklich das Herz ausschütten würde, und so überraschte es ihn nicht, als er sah, wie sich der Künstleragent das Hemd aufknöpfte und ihm seinen von seltsamen Narben überzogenen Brustkorb präsentierte.

»Ich sagte, dass diese Frau mich um ein Haar ins Verderben gestürzt hätte, und hier ist der Beweis. Es ist fast ein Jahr her, vielleicht anderthalb, als sie das letzte Mal hier angekrochen kam, um mich nach Arbeit zu fragen. Danach bekam ich Besuch von ein paar Schlägertypen, die wissen wollten, wo sie sich aufhielt. Ich hatte keine Ahnung. Sie glaubten mir nicht. Erst drückten sie ihre Zigaretten auf meiner Brust aus, dann nahmen sie einen Schweißbrenner. Zum Schluss glaubten sie mir, dass ich nichts wusste. Mir ging's beschissen, Plegamans, so dreckig, dass ich nach Andorra zurückgegangen bin, nur um mich irgendwo zu verstecken. Erst mithilfe mehrerer Psychiater konnte ich meine Depressionen überwinden.«

Kaum war Gualterio verstummt, forderte Biscuter ihn zum Weiterreden auf:

»Ist das alles?«

»Das ist alles«, bestätigte Gualterio und ließ den Kopf sinken. Sein ganzer Körper schien sich unter der Last der schrecklichen Erlebnisse zu beugen.

Biscuter beschloss, dass es an der Zeit war, gemeinsam mit Carvalho Bilanz zu ziehen, gemäß einem *Timing*, das er seinem schläfrigen Partner am anderen telefonischen Ufer von Vallvidrera mitteilte.

»Es gab eine Zeit der getrennten Ermittlungen, jetzt geht es darum, unser Wissen zu vereinen und neue Wege einzuschlagen, vor allem, nachdem Roccos Leiche aufgetaucht ist. Das wussten Sie nicht, Chef? Kam gerade im Radio. Zwischen dem Ende der letzten und dem Beginn der ersten Sportsendung am nächsten Tag höre ich fast immer Radio.«

»Das heißt, du schläfst, wenn die Sportsendungen laufen?«

»Nein, im Gegenteil, die mag ich am liebsten.«

Biscuter gelang es, Carvalho zum Sitzen zu bewegen, um ihm die Ergebnisse seiner Nachforschungen, die nach wie vor offen waren und alle möglichen Konsequenzen mit möglicherweise überraschendem Ausgang nach sich ziehen konnten, leichter verdaulich zu machen.

»Nehmen wir einmal an, Chef, wir einigen uns darauf, dass Dorotea Samuelson hier war, weil Rocco, ihr Exmann, sie dazu angestiftet hat, dann schließe ich daraus, dass die zuvor erwähnte Samuelson viel mehr weiß, als sie gesagt hat, und sich möglicherweise sogar in Gefahr befindet. In der Welt des Showbusiness habe ich drei Leute getroffen, die das Mädchen kannten, das Emmanuelle sein sollte. Gualterio, der Künstleragent. Vor nicht mal einer halben Stunde hat er gesungen und mir verraten, dass ihn sein Einsatz für Helga beinahe die Gesundheit ruiniert hätte. Pepita de Calahorra, der große Star des spanischen Chansons und letzte Eigentümerin des La Dolce Vita, hatte auf jeden Fall bis vor Kurzem mit Helga zu tun. Außerdem hat sie sich mit einem dicken, reichen Argentinier getroffen, der sich dumm gestellt und sie ganz unschuldig gefragt hat, ob sie Helga kennen würde. Können Sie sich einen Reim darauf machen, Chef? Diese Frau, sie möge in Frieden ruhen, diese Emmanuelle war gefährlicher als Aids, und schon der kleinste Kontakt konnte einen ins Unglück stürzen. Abgesehen davon wimmelt es hier nur so von Argentiniern, die alles über Helga Muchnik wissen. Sie sehen anders aus, Chef, völlig anders als ich, und deshalb sollten Sie die Samuelson während eines ihrer

Seminare in der Universität überraschen. So hätte sie keine Ausflüchte.«

Irritiert von so viel Initiative seines Assistenten, überlegte Carvalho, ob er zum Mercado de la Boquería gehen und die notwendigen Zutaten zum Kochen kaufen oder ob er dem Semiologen Lifante das Leben schwermachen und sein Zeichensystem durcheinanderbringen sollte. Er ging in die Boquería und kaufte eine Zickleinkeule, um sie später auf »mittelalterliche Art« zu schmoren, wie es in einem Rezept hieß, das er nicht mehr finden konnte. Aber außer der Keule des armen Tieres, Schweineschmalz, Salz und Bitterorangen, vor allem Bitterorangen, benötigte man nichts weiter.

»Sie werden in der ganzen Boquería keine einzige Bitterorange finden. Ab und zu gibt es sie in kleinen Stücken, um Marmelade daraus zu machen.«

Ein kleiner, älterer Priester im Alltagshabit, der gerade ein halbes Kilo frische Litschis gekauft hatte, empfahl ihm grinsend:

»Warum gehen Sie nicht zum Orangenhof der Generalitat? Dort finden Sie jede Menge wilder Orangenbäume.«

»Ich gehe hin, frage nach dem Präsidenten Pujol und bitte ihn um ein paar Orangen ...«

»So ungefähr. Ich begleite Sie.«

Der Orangenhof lag auf dem Weg zum Polizeipräsidium, und unterwegs lieferte ihm Pfarrer Piqueras eine in religiöser Hinsicht korrekte Zusammenfassung vom richtigen Gebrauch der materiellen Güter, die allen und niemandem gehörten. Als sie die Plaza de Sant Jaume erreichten, sprach der Pfarrer die *mossos d'escuadra* an, die vor dem Sitz des Präsidenten Wache hielten.

»Ich bin Pfarrer Piqueras und war einmal Hauskaplan des ehrenwerten Jordi Pujol. Was muss ich tun, um ein paar wilde Orangen aus dem Hof zu bekommen?«

Die Wache blinzelte nicht einmal und informierte mit dem Funkgerät einen Vorgesetzten. Weil er kein Nein, aber auch kein Ja erhielt, gab Carvalho sich selbst, dem Pfarrer und der katalanischen Autonomiebehörde fünf Minuten, um in eine andere Lebensphase überzugehen. Vier. Es dauerte nur vier, und ein *mosso d'escuadra* tauchte aus den Tiefen der Macht auf, um ihm ein halbes Dutzend wilder Orangen in einer Plastiktüte von El Corte Inglés zu überreichen. Carvalho wusste weder, wie er das verschlagene Grinsen des Pfarrers interpretieren noch wie er ihm für seine Mühe danken sollte.

»Keine Ursache, Pujol kann mir nichts ausschlagen. Ich war sein Beichtvater. Gott zum Gruße.«

Während ihm der Gedanke keine Ruhe ließ, die Demokratie sei etwas so Großartiges, dass sie den Göttern die wilden Orangen nahm, um sie den Menschen zu geben, machte sich Carvalho mit seiner Tüte und der Zickleinkeule zum Polizeipräsidium auf. Lifante ließ ihn nicht lange warten und hielt ihm die Tür zu seinem Büro persönlich auf.

»Politik der offenen Türen.«

Einer der Bettler, die er während seiner ersten Dosis dieser Politik gesehen hatte, derjenige, der Lifantes Streicheleinheiten wert war, befand sich erneut dort, umgeben von mehreren Semiologen und in augenscheinlich schlechter seelischer Verfassung. Obwohl ihn niemand in die Mangel nahm, wimmerte er leise vor sich hin. Er schien sich mitten in einer mechanischen Darstellung von Kontrolle und Nichtkontrolle zu befinden. Lifante starrte den Verhafteten an, als wäre er ein Labortier.

»Hast du's bald?«

»Aber wenn ich es doch nicht weiß. Ich hab die Palita nicht noch mal zusammen mit Rocco gesehen. Sie hatte mir verboten, ein paar von unseren Verstecken zu benutzen, bis sie mir Bescheid geben würde, das war alles.«

»Komm mit, wir machen einen kleinen Spaziergang, Cayetano. Die Tour wird dir gefallen. Wir klappern die Schlupfwinkel ab, die du Rocco gezeigt hast, bevor du ihn umgebracht hast.«

»Aber wenn ich ihn doch nicht umgebracht habe, Herr Inspektor. Sie müssen mir vertrauen. Soll ich Ihnen ein Geheimnis verraten, von dem ich noch keinem erzählt habe?«

Lifantes Assistenten fühlten sich unwohl in Carvalhos Gegenwart und forderten ihren Chef auf, etwas an dieser Situation zu ändern. Lifante zog die Brauen hoch, verschränkte die Arme über der Brust, stützte sich bald auf den Zehenspitzen, bald auf der Ferse ab und erklärte, was er von der Situation hielt.

»Es geht um Sie, Señor Carvalho. Situationslogik. Ein Verdächtiger ist kurz davor, etwas Wichtiges zu enthüllen, oder zumindest das, was er für wichtig hält. Und zwar in Gegenwart von mehreren Beamten des obersten Polizeikorps und eines Privatdetektivs des *Ancien Régime*. Logischerweise fühlen sich meine Beamten, alles kompetente Leute, etwas unbehaglich angesichts des Störenfrieds.«

»Weil hier jeder einfach so hereinstiefeln kann, als wäre er bei sich zu Hause. Das ist doch nicht die Metro, Lifante«, murrte Celso Cifuentes. »Außerdem hat dieser Typ eine Einkaufstüte bei sich, und keiner hat ihn durchsucht.«

Lifante rieb sich zufrieden die Hände, dann nahm er die Tüte, die Carvalho ihm entgegenstreckte.

»Mal sehen. Eine Lammkeule. Schreiben Sie mit, Cifuentes.«

»Verarschen Sie mich nicht.«

»Die Keule ist nicht vom Lamm, sondern von einem Zicklein«, verbesserte Carvalho den Inspektor, doch der hielt bereits das Schweineschmalz und eine Orange in den Händen.

»Die Orangen sind von Pujol«, warnte ihn Carvalho.

Lifante steckte die Sachen zurück in die Tüte. Alle waren außer sich vor Ärger. Lifante wusste, dass es ihm nicht gelungen war, die Situation durch die Einführung einer objektiven Entsprechung distanzierender Zeichen zu meistern, und er brüllte Cayetano an.

»Scheißkerl! Was erzählst du hier für einen Mist? Warum gibst du nicht endlich zu, dass du deine Palita und diesen Rocco Cavalcanti umgebracht hast?«

Der Inhalt der Plastiktüte war die Metapher für etwas gewesen, das er nicht verstand, so viel hatte Cayetano begriffen – und dass er von nun an wieder der jämmerlichste und zerbrechlichste aller Mittelpunkte dieses Universums war.

»Ich kann Ihnen erzählen, was mir die Palita anvertraut hat, eines der härtesten Geheimnisse, die man im Leben haben kann. Palita hatte ein Kind. Und wissen Sie, wer der Vater war?«

»Antonio Banderas«, warf Rodríguez ein, der radikale Makrobiotiker und Spezialist, was Designerdrogendealer und Auftragskiller anging.

Lifante bat um absolute Aufmerksamkeit für Cayetanos Enthüllungen.

»Der Vater ihres Kindes war Palitas eigener Schwager, ein Typ namens Olavarría, der Mann ihrer Schwester.«

»Die legendäre zweite Front«, bemerkte Lifante. »Der Kerl hält mich für bescheuert und denkt, ich würde eine zweite Front mit diesem Schwager aufmachen.«

Cayetano blieb gelassen und gab Carvalho mit einer Grimasse zu verstehen, dass er die Wahrheit gesagt hatte. Unterdessen fasste Lifante die Logik der Situation zusammen.

»Wo habe ich bloß gelesen, dass Verlierer entweder Opfer des Alkohols oder der Metaphysik sind?«

20 Das habe ich schon mal in irgendeiner Komödie gesehen

Carvalho betrachtete den Wolkenkratzer, der alles tat, um seinen Pflichten nachzukommen und den Himmel zu schrammen.

Das gesamte siebte Stockwerk war von Osorio & Olavarría Consulting belegt. Carvalho betrat die Empfangshalle, die so prächtig wie der Tempel einer reichen Sekte aussah. Noch im selben Moment hatte er sich unter den herablassenden Blicken der Pförtner in einen in jeder Hinsicht verdächtigen Menschen verwandelt.

»Herr Olavarría?«

Der Portier sah aus, als gäbe ihm Olavarría ausgesprochen großzügige Trinkgelder, vielleicht sogar seine getragenen Anzüge. Er tat so, als würde er Carvalho nicht hören.

»Richten Sie ihm aus, ich käme im Auftrag des Patenonkels seines unehelichen Kindes.«

»Hör zu, Freundchen.« Der andere Portier öffnete die Jacke, um ihm seine Waffe zu zeigen. »Wenn du Ärger willst, kannst du ihn gerne haben.«

»Ich trage meine immer unter der Achselhöhle. Ich glaube, Gott hat uns in seiner unendlichen Weisheit Achselhöhlen gegeben, damit wir dort Waffen tragen können. Wofür sollten Achselhöhlen sonst gut sein? Schließlich handelt es sich dabei um eine der schwachsinnigsten und heikelsten aller Körperzonen, vor allem bei Frauen, die sich weigern, die Achselhaare zu rasieren. Sagen Sie Señor Olavarría genau das, was ich gesagt habe, und warten Sie auf seine Reaktion. Geben Sie sich damit zufrieden, Pförtner zu sein.«

Einer der Portiers setzte sich mit Olavarría in Verbindung. Seine Stimme war erstickt aus Respekt vor dem, was er sagte, und der Sorge, dass ihn jemand hören konnte. Er sah seinen Kollegen besorgt an und nickte mit dem Kopf.

Señor Olavarría war unschlüssig, welches Bild er von sich abgeben sollte. Er entschied sich für das des Golfspielers im noblen Büro. Der Fußbodenbelag war die perfekte Nachahmung eines gepflegten Golfrasens mit dem entsprechenden Loch, als wäre es das Arschloch der freien Natur. Olavarrías Gesicht verriet Anzeichen von Nervosität – ein Auge wirkte größer oder schien weiter geöffnet zu sein als das andere –, und er hatte versucht, Carvalhos Eintreten mit seinem herabsausenden Armschwung zu synchronisieren, auf der Suche nach dem ultimativen Schlag.

»Das habe ich schon mal in irgendeinem Film gesehen, natürlich einer Komödie, ich glaube, mit Jerry Lewis.«

»Wovon reden Sie?«

Carvalho deutete auf die Golfbahn.

»Ich hatte mal einen Freund, der hatte einen schiffbaren Fluss in seinem Büro, die Quelle eines schiffbaren Flusses.«

Olavarría schwitzte, das Toupet, das Carvalho bis dahin nicht bemerkt hatte, begann sich bereits an den Schläfen zu lösen.

»Der Portier hat mir etwas ziemlich Verrücktes gesagt.«

»Genau das ist es, verrückt. Für Inzest reicht es nicht, da zwischen Verschwägerten keine Blutsverwandtschaft besteht, aber Sie sind der Vater von Helgas Sohn, und soweit ich weiß, wurde das Kind bei einer Vergewaltigung gezeugt.«

»Vergewaltigung, was soll das sein?«

»Ich stelle mir Helga vor, und ich kenne Sie. Es kann nur Vergewaltigung gewesen sein.«

»Wie viel wollen Sie? Reicht es nicht langsam mit diesen Erpressungen?«

»Hat Helga Sie erpresst?«

»Nein, Helga hat mich nicht erpresst. Seit sie unser Haus verließ, habe ich sie nie wieder gesehen. Ich hatte keine Ahnung, dass sie schwanger war, sie selbst vermutlich auch nicht. Es war eine törichte Nacht. Wie sie jeder mal erlebt. Ich hatte etwas getrunken, Gilda war nicht zu Hause, Helga deprimiert. Auch sie hatte getrunken. Ich bin ein beherrschter Mann.«

»Ein verkrampfter.«

»Helga hat mich irritiert.«

»Weil sie Sie erregte. Wenn Helga Sie nicht erpresst hat, wer hätte es dann sonst tun sollen? So lange, bis Sie akzeptiert haben, das Kind bei sich aufzunehmen?«

»Als ich das akzeptierte, wusste ich noch nicht, dass es mein Sohn war. Er sieht aus wie ein venezolanischer Gauner, mein Freund, aber das ist die Wahrheit. Später habe ich verstanden, dass meine Frau die Situation ausgenutzt hat, um meine Schwägerin ins Haus zu holen, als Mahnung, weil ich sie betrogen hatte. Meine Frau hasst mich.«

»Das soll vorkommen.«

»Selbst heute weiß ich nicht eindeutig, ob es wirklich mein Sohn ist. Aber vor etwa einem Jahr sprach mich ein Bettler auf der Straße an, ein Penner. Ich wollte ihn abwimmeln. Aber ich schaffte es nicht. Er hat mich einfach nicht gehen lassen und gesagt, er wisse von meiner Geschichte mit einer gewissen Palita, die fast Emmanuelle geworden wäre, wir hätten ein gemeinsames Kind und sie würde bei mir wohnen, noch so ein Skandal im skandalreichen Spanien. Ich habe ein Privatleben. Ich bin kein Politiker, der heute fällt und morgen wieder aufsteht. Mein Ansehen als Unternehmensberater – das ist alles, was ich habe.«

»Und deshalb haben Sie Helga umbringen lassen.«

Olavarría war wie vor den Kopf geschlagen.

»Umbringen? Wer redet denn von umbringen?«

Olavarrías Geschichte wurde abrupt unterbrochen. Die Tür ging auf, und dort stand Lifante und begann unverzüglich mit dem Studium der von Carvalho und Olavarría gesendeten Zeichen. Auch Carvalho schickte sich an, das Zeichensystem des Inspektors zu studieren, während Olavarría etwas vor sich hin stammelte, das sich wie die Forderung einer Erklärung anhörte, so etwas wie *Man tritt nicht einfach so ein, ohne anzuklopfen,* aber es klang mehr nach einer Klage als nach einem wirklichen Vorwurf, und Lifante, der endlich wusste, wie er ein glaubhaftes, nachvollziehbares Gespräch mit Carvalho beginnen konnte, überhörte ihn einfach.

»Barcelona ist ein Dorf. Wo man auch hingeht, Sie sind schon da. Immer tauchen dieselben Personen auf.«

»Barcelona ist unschuldig, Lifante. Tatsächlich sind wir Teil einer Serie, und in Serien wiederholen sich die Personen.«

Lifante interessierte sich nicht weiter für ihn und wandte sich stattdessen Olavarría zu.

»Roberto Olavarría, ich möchte Sie bitten, mich zum Polizeirevier zu begleiten. Wir haben ein paar Fragen an Sie, was Ihre Beziehung zu Helga Muchnik betrifft. Es handelt sich lediglich um eine Einladung.«

Olavarría hatte keine Angst vor Lifante, aber sobald sein Blick auf den von Carvalho stieß, wurde er nervös und sah schnell woanders hin. Er drückte einen Knopf an der Sprechanlage und befahl seiner Sekretärin:

»Rufen Sie meinen Partner an, Jacobo Osorio. Und Jacinto Ros. Ich will sie so schnell wie möglich in meinem Büro sehen.«

Der Name von Jacobo Osorio war nicht weiter von Belang, aber der von Jacinto Ros hatte Lifante aufhorchen lassen. Olavarría tat alles, ihn noch mehr zu beunruhigen.

»Sie haben richtig gehört, der berühmte Anwalt Jacinto Ros. Unser Rechtsberater und, wie ich glaube, der geeignete Mann, um mir in dieser Lage beizustehen.«

»Wie gesagt, es handelt sich um eine simple Formalität.« Carvalho versuchte zu vermitteln.

»Ich glaube, Lifante, Ihr Zeichensystem hat Sie im Stich gelassen. Selbst der einfache Satz ›Roberto Olavarría, ich möchte Sie bitten, mich zum Polizeirevier zu begleiten‹, in bester neutraler Absicht geäußert, klang in meinen Ohren eher wie eine offizielle Verhaftung.«

Dem Inspektor blieb keine Zeit, sein Zeichensystem noch einmal zu überarbeiten, denn in diesem Moment platzten die beiden Einberufenen herein. Einer von ihnen war ganz eindeutig der Anwalt, umgeben von einer so kategorischen Aura wie der kategorischste aller Talare und mit einem speziell den Störenfrieden gewidmeten Stirnrunzeln, ohne dass Jacinto Ros, der stürmische Anwalt, gewusst hätte, ob er dieses Stirnrunzeln eher Carvalho oder doch eher Lifante und dessen Begleiter widmen sollte. Ros schenkte den Unbekannten nicht die geringste Aufmerksamkeit, ging stattdessen auf Olavarría zu und legte ihm die Hände auf die Schultern.

»Was ist hier los, Bobby?«

»Ich soll mit aufs Polizeirevier.«

»Wer sagt das?«

Es war Lifante, der sich selbst denunzierte.

»Das habe ich so nicht gesagt.«

»Und was haben Sie gesagt?«, fragte Osorio, der die Rolle von Ros' Echo übernahm.

»Ich habe Sie lediglich *gebeten*, mit mir aufs Polizeirevier zu kommen.«

»Für irgendeine Modenschau mit Polizeiuniformen? Festgenommen? Festgehalten? Wie Sie wollen, gehen wir zum Polizeirevier.«

Lifante ringt sich ein gequältes Lächeln ab und wendet sich zum Gehen. Es sieht aus, als würde sein Rücken sprechen.

»Ich werde Ihnen eine offizielle Vorladung zukommen lassen.«

Weil der Blick des allmächtigen Jacinto Ros auch ihn zum Gehen auffordert, heftet sich Carvalho an Lifantes Fersen und die seines stummen Begleiters. Er hört, wie sich die beiden unterhalten.

»Ich hätte dem Trottel in die Eier getreten. Ich hätte nicht erlaubt, dass er so mit mir redet.«

»Das ist kein Trottel. Der Typ ist mit allen Mächtigen per Du, während ihn die meisten siezen. Was Jacinto Ros nicht weiß, weiß keiner in dieser Stadt. Er hat eine Menge einflussreicher Politiker in der Hand, vor allem solche, die Dreck am Stecken haben, vorausgesetzt, es gibt auch andere. Da darf man sich nicht aufregen, Celso. Im Gegenteil. Ich fand es eher amüsant, wie sie sich verpflichtet fühlten, arrogant zu wirken, denn eins darfst du nicht vergessen, Celso, hinter Arroganz steckt immer Unsicherheit, und die wird man nicht los, die ist wie ein Bumerang.«

»Mag sein, aber so wie der redet nicht mal mein Vater mit mir.«

In diesem Moment überholt Carvalho das Pärchen. Lifante wirft ihm einen Blick zu, der ihn trifft wie ein Axthieb.

»Ich habe gelesen, dass Rocco gefunden wurde. Wie lange haben Sie die Information zurückgehalten? Wer hatte etwas davon?«

Lifante wendet sich an Celso Cifuentes.

»Sag diesem Schnüffler mal ordentlich die Meinung, aber pass auf, dass dich niemand hört.«

Lifante geht voraus, und Celso verstellt Carvalho den Weg, kräuselt spöttisch die Lippen, kneift die Augen zusammen, bläst dem Detektiv seinen Atem in die Nase und murmelt kaum hörbar:

»Warum verpisst du dich nicht lieber, oder soll ich dir Gesellschaft leisten?«

Carvalho bleibt überrascht stehen und sagt mit übertrieben lauter Stimme:

»Ich wusste gar nicht, dass Sie bisexuell sind, Inspektor Cifuentes.«

21 Dorotea Samuelson und die Anthropologie des Terrors

Jemand musste über das Eisengitter geklettert sein und beim Runterspringen einen schweren Tonkrugsarg mit einem Ficus umgeschmissen haben, der seit dem ersten Golfkrieg oder vielleicht schon seit dem Einmarsch der Sandinisten in Managua tot war. Danach hatte er keine Kraft oder Lust mehr gehabt, die Leiche wieder aufzurichten. Es wurde bereits dunkel, und Carvalho zog seine Pistole aus dem Halfter. Entweder war der Eindringling längst über alle Berge, oder er versteckte sich noch irgendwo im Garten. Plötzlich hörte er die verängstigte Stimme der Anthropologin.

»Carvalho?«

»Ja.«

»Keine Sorge. Ich bin's bloß, Dorotea Samuelson.«

Er steckte die Pistole weg, ging in die Richtung, aus der die Stimme gekommen war, und dort hockte sie. Sie war nicht allein: Neben ihr kauerte Dieste und versuchte sich noch kleiner zu machen als die Frau.

»Wir dachten, hier wären wir am sichersten. Entschuldigen Sie den Hausfriedensbruch. Rocco wurde ermordet.«

Der Anthropologin versagte die Stimme, doch Carvalho sprach ihr nicht das Beileid aus, das sie vielleicht erwartet hatte. Stattdessen forderte der Detektiv sie auf, ihn ins Haus zu begleiten, das er als Erstes Raum für Raum inspizierte. Anschließend schloss er Fenster und Türen, schaltete das Licht an und öffnete eine Flasche Springbank.

»Der beste Whisky, den ich je besessen habe. Nicht der beste, den ich je getrunken habe, aber der beste, den ich je besessen habe. Er gehörte einem reichen Mann, der einen Literaturpreis verleihen wollte, und ich habe die Flasche aus seinem Privatflugzeug mitgenommen. Trinken Sie ihn ohne Eis. Einen mehr als zwanzig Jahre alten Springbank mit Eis zu trinken wäre dasselbe wie einen Bordeaux mit Kohlensäure.«

Kaum hatte Dieste die ersten Schlucke Springbank intus, begann sein Adamsapfel wie wild auf und ab zu hüpfen. Dorotea kam langsam wieder zu Atem, und nachdem sie sich ebenfalls ausgiebig dem Alkohol gewidmet hatte, brach sie in einen wahren Sturzbach von Tränen aus. »Man hat ihn mir genommen. Man hat ihn mir genommen.« »Er hat dir nicht mehr gehört«, versuchte Dieste sie zu trösten. Carvalho ließ sie weinen, viel mehr bedrückte ihn die Tatsache, dass die Flasche leer wäre, noch ehe die Nacht hereingebrochen war. Als die Tragödie kurz vor dem Höhepunkt war und sich Dieste und Dorotea heulend in den Armen lagen, ergriff Carvalho die Initiative.

»Sie haben den ganzen Whisky ausgetrunken, jetzt ist es an der Zeit, dass Sie mir etwas zurückgeben. Ich will alles wissen, was ich nicht weiß, aber Sie wissen. Welches Geheimnis hatten Helga und Rocco? Und warum haben sie es so schlecht gehütet, dass sie sterben mussten?«

Wenn Carvalho geglaubt hatte, Dorotea würde als Erste das Wort ergreifen, hatte er sich getäuscht. Es war Dieste, der in ein nur für ihn wahrnehmbares Rampenlicht trat, die Hände in die Hosentaschen steckte, die Schultern hochzog, sämtliche Innenräume seines Körpers mit Luft füllte, die Luft wieder ausströmen ließ und dann zuerst nach Westen, dann nach Osten blickte. Der Westen von Carvalhos Wohn- und Speisezimmer schien ihm besser zu gefallen, denn dorthin richtete er endgültig seinen Blick und begann zu erzählen.

»Im Grunde weiß Dorotea nur vom Hörensagen, was ich erlebt habe, ich und Emmanuelle und aus einer gewissen Distanz auch Rocco. Sie wissen ja, wir haben alles getan, um einen Star aus Helga zu machen. Wir sind jeden Abend ausgegangen, haben die Nächte durchgemacht, uns überall gezeigt, sind da hingegangen, wo wir die anderen sahen, vor allem aber, wo *wir* gesehen wurden, und das alles nur, um unser Ziel zu erreichen. Buenos Aires führt drei, vier Leben gleichzeitig, dieselbe Stadt, in der die Keller voller Leichen und Gefolterter waren, hat den Sieg der Fußballweltmeisterschaft gefeiert und das Nachtleben genossen, wie es nur in Buenos Aires möglich ist. Und dann hat ein gewisser Olavarría, Helgas zukünftiger Schwager, ihr einen Soloauftritt in einem Theater besorgt. Helgas Schwester hatte nicht die geringste Ahnung, dass sie eines Tages das Pech haben sollte, diesen Olavarría zu heiraten. Helga hatte keine Lust mehr, Emmanuelle zu sein, sie hatte keine Lust mehr, einfach nur schön zu sein. Sie wäre gern eine Art Kabarettstar geworden, so wie Cecilia Rossetto, die heute zu den besten ihrer Zunft gehört und regelmäßig in Spanien, in Barcelona, auftritt. Helga bat mich, mit ihr zu proben und sie zur Premiere zu begleiten, weil es ein sehr schwieriges Stück war, lustig, aber auch sehr bissig. Ein Freund hatte es für sie geschrieben – Rocco Cavalcanti, auch Quino genannt. Seltsam, nicht? Der Auftritt fand in einer Villa am Tigre statt, in einem wunderschönen englischen Herrenhaus an einem der vielen Flussarme, ein Haus, das man nur mit dem Boot erreichen konnte und das Oberst Osorio gehörte, einem Typ aus dem militärischen Establishment, halb Militär, halb Geschäftsmann, aus guter Familie. Das Haus platzte aus allen Nähten, der Alkohol floss in Strömen, und natürlich fehlte auch das nicht, was die Italiener *palpo e mano morta* nennen, also Fummeln.

Es herrschte so viel Trubel, dass Helga sich bei ihrem Auftritt die Lunge aus dem Hals schreien musste. Sie gab ihr Bestes – und kein Arsch interessierte sich für sie. Wir haben uns dann unter die Gäste gemischt und mitgefeiert. Sie wimmelte die aufdringlichen Kerle ab, trank aber immer mehr von dem Punsch, einem Punsch, den man mit dem Streichholz hätte anzünden können. Später ging sie sich das Haus anschauen, verließ die Party, getrieben vom Alkohol. Bis sie auf einen Keller stieß, der sich unterhalb des Flusspegels befand und in den das Wasser sickerte. Er war mit einer schweren Eisentür versperrt, und außer einer kleinen Luke mit zwei Eisenstangen davor gab es keine Luftlöcher. Helga glaubte, zwei menschliche Bündel zu erkennen. Es roch nach Chloroform, so stark, dass sie fast ohnmächtig wurde, als sie die Nase durch das Gitter steckte. ›Ist dort jemand?‹, rief sie ein paarmal, als sich plötzlich eins der Bündel bewegte und jemand mit schwächlicher Stimme leise um Hilfe flehte. Helga rannte los, um mich zu suchen. Auf dem Weg in den Keller musste sie mich stützen, so betrunken war ich. Ich sollte bestätigen, was sie gesehen hatte. Eins der Bündel war nach wie vor reglos, aber das andere kroch auf uns zu, und wir erkannten das blasse, verängstigte Gesicht einer jungen Frau. ›Helfen Sie mir‹, sagte sie mit leiser Stimme. ›Ich bin Spanierin. Ich bin Spanierin. Man hat mich verschleppt.‹ Wir sollten besser gehen, sagte ich zu Helga, die Sache stinke nach Militär, und mit diesen Leuten wolle ich nichts zu tun haben. Und dann bin ich einfach gegangen. Ich gebe es zu. Ich hatte all meinen Mut verloren, für immer. Ich verließ das Fest, die Villa, Buenos Aires. Helga blieb und redete mit der armen Frau, sie erfuhr ihren Namen, Noemí Álvarez, aus Asturien. ›Rufen Sie den spanischen Botschafter an!‹, flehte die Frau. Helga war viel zu betrunken, sonst wäre sie vernünftiger gewesen. Aber so fiel ihr nichts Besseres ein, als den Hausherrn, diesen Typ, der die Party gab, zu suchen und ihn nach der halbtoten Frau in seinem Keller zu fragen. Osorio, Olavarría und seine Freunde lenkten sie irgendwie ab und hielten sie bei Laune, dann gingen sie zusammen in den Keller. Die beiden Bündel waren verschwunden, doch das Erlebnis hatte sich ihr für immer eingeprägt. Als Helga am nächsten Tag versuchte, zur spanischen Botschaft zu gehen, haben ihr zwei Autos den Weg versperrt. Sie ist zu Roccos Haus gerannt, hat ihm alles erzählt. Sie mussten handeln. Das war der Beginn ihrer Flucht, eine Flucht, die mit einem Doppelmord in Barcelona endete.«

Carvalho führte sich vor Augen, was er gerade gehört hatte, und in seinem Gehirn tauchten die Gesichter von Personen auf, die nicht recht in die Geschichte passten. Gilda. Gilda Muchnik. Ihre Ehe ausgerechnet mit Olavarría, die Beständigkeit der Verbindung Osorio & Olavarría, fast zwanzig Jahre später. Dorotea ahnte, welche Gedanken dem Detektiv durch den Kopf schossen, und versuchte, ihn auf den Boden der Tatsachen zurückzuholen.

»Am Ende sorgte Olavarría mithilfe des Terrors für ihr Schweigen und für Roccos und Helgas Flucht aus Buenos Aires. Um sicherzugehen, nahm er Gilda als Geisel, indem er sie heiratete. Ein schmutziges Spiel, bei dem er sogar damit drohte, ihre Schwester zu verfolgen. Als das Militär stürzte, zogen sie nach Spanien, wo seine Erpressung weiterging, obwohl das kaum noch nötig war, schließlich war Helga am Ende und keine Gefahr mehr für ihn. Es wäre nichts geschehen, die Leichen wären vergessen worden, wenn die Straftaten, die von der argentinischen Militärjunta an spanischen Bürgern begangen worden waren, nicht plötzlich juristisch verfolgt worden wären. Rocco hat es nicht mehr ausgehalten, für ihn war der Moment gekommen, sich zu erinnern und auszusagen, was sie damals im Keller der Villa am Tigre passiert war. Er flog nach Barcelona und versuchte Helga zu bewegen, ebenfalls als Zeugin aufzutreten. Er machte seine Aussage vor dem Richter, der den Fall von Spanien aus führte, und Olavarría und Osorio fingen an zu zittern. Zwei terrorisierte Terroristen. Der terrorisierte Terror. Garantiert haben sie die argentinische Mafia um Hilfe gerufen. Die sind gut organisiert, heute für dich, morgen für mich. Viele der Militärs, die für das Foltern und Verschwindenlassen verantwortlich waren, haben später private Sicherheitsfirmen gegründet, und ich habe hier mitten auf der Straße, am selben Tag, als wir uns getroffen haben, einen finsteren Kerl gesehen, einen brutalen Schlächter, den man den Folterer von Rosario nannte und der dank seiner Verdienste befördert wurde, um den gleichen Posten in Buenos Aires zu bekleiden. Inzwischen wissen wir, zu was sie fähig sind, und weil wir das wissen, ist unser Leben in Gefahr. Und auch das Ihre, Carvalho. Und das Ihres Partners ebenfalls.«

Carvalho griff zum Telefon, um Biscuter in seinem Büro auf den Ramblas anzurufen, aber die Leitung war tot. Er zögerte nicht lange, forderte Dorotea und Dieste auf, in seinen Wagen zu steigen, und fuhr sie zwei Straßen weiter zu Fuster. Es war nicht das erste Mal, dass er Fusters Haus als Versteck benutzte. Der Anwalt, Geschäftsführer und Hobbylateiner legte die Ausgabe von *L'Amant de la Chine du Nord* von Marguerite Duras beiseite, um die Flüchtlinge bei sich aufzunehmen, während er besorgt bemerkte: »Was habe ich bloß verbrochen, um ein Mensch ohne Probleme zu sein?«

Aber Carvalho war längst dabei, den Wagen anzuflehen, ihn so schnell wie möglich nach Barcelona zu bringen, auf einer Straße voll schleichender Lastwagen und rasender Vorahnungen.

22 Das Tiefste am Menschen ist die Haut

Er betritt das Büro und denkt: *Du darfst nicht eintreten*, doch da ist er bereits drinnen, in Sorge um Biscuter, und als er die Hand ausstreckt, um Licht zu machen, wird er plötzlich vom Schein einer Taschenlampe geblendet, die direkt auf sein Gesicht gerichtet ist. Als er sich instinktiv die Hand vor die Augen hält, schaltet jemand das Licht an, und als er die Hand wegnimmt, starrt er direkt in einen Pistolenlauf, in ein metallisches Loch, das ihm immer näher kommt, bis es sich in einen stählernen Druck zwischen seinen Augenbrauen verwandelt. Aus dem Augenwinkel heraus sucht er Biscuter. In seinem Blickfeld ist er nicht, und eine Sekunde später hat Carvalho nicht einmal mehr ein Blickfeld, denn in diesem Moment trifft ihn ein Faustschlag direkt hinter dem linken Ohr. Er dreht sich um, bekommt jedoch sofort den nächsten Schlag ab, diesmal hinter das rechte Ohr. Zumindest haben sie Sinn für Symmetrie. Und den haben sie tatsächlich. Der nächste Schlag mit etwas mehr als einer Faust gilt seinen Nieren, dazu ein Tritt in den Unterleib. Um den Schlägen auszuweichen, lässt er sich fallen. Er rollt sich zur Seite, um sich wieder aufzurichten und Widerstand zu leisten, aber als er versucht, wieder auf die Beine zu kommen, indem er sich mit beiden Händen auf dem kalten Mosaikfußboden abstützt, versagen ihm die Muskeln. Doch dabei bleibt es nicht. Ein Fuß tritt ihm auf die flache Hand. Aus seinem Mund dringt ein schmerzerfülltes Stöhnen, aber mit einer schnellen Drehung der anderen Hand gelingt es ihm, den Fuß zu packen, der seine Finger martert, sodass er von ihm ablässt. Aus allen Richtungen prasseln Schläge auf ihn ein, und jemand setzt sich auf seine Brust, um ihn mit einem Gummiknüppel auf den Kopf zu schlagen. Benommen nimmt er wahr, wie sie beginnen, systematisch sein Büro zu verwüsten. Die Schubladen auskippen. Den Schreibtisch mit einer Axt spalten. Einer pisst auf die Ordner, ein anderer will Telefon und Faxgerät aus dem Fenster schleudern, wird aber im letzten Moment gestoppt.

»Nicht dass jemand Wind bekommt, was hier los ist.«

Sie begnügen sich, das Faxgerät an der Wand zu zerschmettern und sein schutzloses modernes Inneres auszuweiden, die Schatten der wenigen erhaltenen oder noch zu erwartenden Mitteilungen. Sie sind hinter den Vorhang gegangen, der das Büro von Biscuters Reich trennt, schmeißen Teller und Kasserollen auf den Boden, und als sie den Inhalt des Kühlschranks sehen, dringt lautes Gelächter ins Büro. Jetzt zerschlagen sie Flaschen. Mit der Stirn auf dem Boden überlegt Carvalho, was er tun und was er besser lassen sollte. Nicht einmal mit einem geistreichen oder sarkastischen Satz kann er sich abreagieren. Er ist derart verwirrt und gelähmt, dass jeder Versuch eines beweiskräftigen Akts der Verteidigung von vornherein aussichtslos ist. Trotzdem muss er etwas unternehmen. Das gehört zu den Pflichten eines Besiegten. Seit seiner Kindheit weiß er, dass man zurückschlagen muss, wenn man geschlagen wird, irgendwie, auch wenn es noch so kläglich ist. Man muss dem Gegner klarmachen, dass auch seine Kräfte Grenzen haben, die Grenze deiner Würde. Nur gegen den Staat als Aggressor, beim Foltern durch seine Beamten vertreten, kann man nichts ausrichten. Er besitzt das Gewaltmonopol, seine Büttel haben auf die Fahne geschworen und machen dich für Gott und Vaterland fertig. Aber selbst einem Killer muss man versuchen, in die Eier zu treten, und wenn es der letzte Tritt in deinem Leben ist. Die Kerle stinken furchtbar, ihre Motorradstiefel nach dem Fett unterernährter Pferde. Aus einem nahen Mund dringt der Geruch von Zwiebeln zu ihm, zusammen mit dem von Ketchup und Hamburgern, zweifellos von McDrive und noch auf dem Motorrad verschlungen, mit Fingern, die nach einer Mischung aus Benzin und grünlichen Popeln aus den Tiefen einer von schwarzen und wachsfarbenen Pickeln überzogenen Nase riechen. Zumindest dem nach Hamburger Stinkenden muss man etwas entgegnen, man muss ihm den Rat geben, ihn lehren, mit feinerem Gaumen durchs Leben zu gehen. Inzwischen gibt es nichts mehr zu zerstören, und ein anderes Paar Stiefel kommt auf ihn zu. Plötzlich tritt das ein, was Carvalho am meisten befürchtet hat. Biscuters Stimme. Aus dem Treppenhaus.

»Was ist da drinnen los. Wer ist dort?«

Es ist nicht mal eine Stimme, es ist ein schiefes Schreien, geboren am Ende eines – man könnte sagen gesplitterten – Brustbeins.

»Kommen Sie mit erhobenen Händen raus! Das hier ist keine Spielzeugpistole!«

Die Stiefel verharren regungslos. Die Typen machen sich Zeichen, reden mit gedämpften Stimmen. Carvalho nutzt das leichte Nachlassen des Drucks, um sich blitzartig umzudrehen und den Zwiebelstinker an Nase und Lippen zu packen. Carvalhos Aktion und Biscuters Gebrüll lösen eine Fluchtbewegung in Richtung Treppenhaus aus. Das Gesicht, in das Carvalho seine Finger gekrallt hat, gleicht tatsächlich dem Phantombild, das er in seiner misslichen Lage von ihm angefertigt hat. Der Kerl verpasst Carvalho zwei heftige Schläge ins Gesicht, damit er ihn loslässt, doch die Finger des Detektivs haben sich längst in seine Augen, seine widerliche, pickelübersäte Nase und zwischen seine herunterhängenden, von Carvalhos Reißen schon ganz zerfetzten Lippen gebohrt. Mit der anderen Hand, der mit Füßen getretenen, gelingt es Carvalho, eine Faust zu formen und damit auf die rechte Schläfe von Polyphem einzuschlagen, denn mittlerweile hat der Typ nur noch ein funktionierendes Auge, in dem anderen stecken die Fingernägel des Detektivs. Der

Zwiebeltyp jault vor Schmerz auf und schlägt wild um sich, kann aber Carvalhos Gesicht nicht erwischen. Aber jemand kommt ihm zu Hilfe und tritt Carvalho gegen den Kopf, was ihn für einen Moment außer Gefecht setzt. Als er wieder zu sich kommt und sich wütend auf die Knie hochrappelt, ist er allein, umgeben von Zerstörung, während sich die Stiefel mit großen Sprüngen entfernen und wahrscheinlich bei ihrer Flucht die Treppe hinunter Biscuter niedertrampeln. Als Carvalho aufsteht, wird ihm erneut schwindlig, aber er schafft es bis zur Treppe, wo er sich auf das Geländer stützt und gerade noch verschwommen die Fersen des letzten fliehenden Angreifers sieht. Und Biscuter?

»Chef?«

Carvalho dreht sich um, kurz davor, ohnmächtig zu werden, aber zuvor seufzt er noch erleichtert auf. Da ist Biscuter, er ist wohlauf und kommt in seinem Anzug von der Schneiderei Modelo, den Hut schief auf dem Kopf, eine Hand in der Hosentasche, die Treppe herunter.

»Chef?«

Als Carvalho wieder zu sich kommt und sich in Bildern, die wie eine Flut über ihn hereinstürzen, an die Ereignisse erinnert, versucht er aufzustehen, doch Biscuter zwingt ihn, sich wieder auszustrecken. Wo? Auf dem Boden.

»Es gibt keinen einzigen Stuhl mehr, Chef. Meine Bettcouch sieht aus wie eine Harfe. Keine Ahnung, warum die Typen sie aufrecht hingestellt haben, aber was noch von ihr übrig ist, sieht aus wie eine Harfe, und dabei habe ich nicht die geringste Ahnung, wie man Harfe spielt.«

»Du spielst jetzt erst mal gar nichts, nicht mal Harfe, und rufst die Polizei. Frag nach Lifante und erzähl ihm, was passiert ist.«

»Ich soll die Polizei rufen?«

»Sie sollen sehen, was hier passiert ist. Hast du was abbekommen? Wurdest du geschlagen?«

»Nicht die Bohne. Ich habe sie kommen sehen.«

»Du hast sie kommen sehen?«

»Das sagt man so. Ich bin die Treppe hochgestiegen und habe Krach gehört, wie bei einem Erdbeben. Aber die Treppe hat nicht geschwankt. Es war also kein Erdbeben. Ich bin zur Tür gegangen und habe gesehen, was los war. Sie lagen auf dem Boden, Chef, in einer eher unvorteilhaften Position, wenn ich ehrlich sein soll, und die Vandalen waren dabei, Kleinholz aus der Bude zu machen. Da habe ich mich gefragt: ›Was machst du jetzt, Biscuter?‹«

»Sag mir schnell, was du geantwortet hast, und dann ruf Lifante an.«

»Ich habe mich an einen Rat von Ihnen erinnert.«

»Welchen?«

»Die Bewegung zeigt sich in der Flucht. Ich bin ein Stockwerk raufgegangen und habe mit autoritärer Stimme *Hände hoch! Kommen Sie einzeln raus!* gebrüllt. Sie sind gekommen und nach unten gerannt, na klar, wären sie nach oben gerannt, hätten sie mich erwischt. Aber das hatte ich bedacht. Wenn sie abhauen, dann nach unten. Klingt logisch, oder?«

Eine Stunde später trafen Lifante und seine Männer ein. Der Inspektor befahl einem Beamten, den Schaden aufzunehmen, und fragte Carvalho als Erstes, ob er versichert sei und Anzeige erstatten wolle.

»Ich habe nicht mal eine Bestattungsversicherung. Und gegen wen soll ich Anzeige erstatten?«

»Was weiß ich. Gegen unbekannt.«

»Ich glaube, ich habe eine Ahnung. Wir haben es hier mit einer unerwarteten Folge aus dem Fall der Obdachlosen Helga Singer oder Muchnik zu tun. Man will mich einschüchtern. Die handeln mit verblüffender Präzision. Erst Helga. Dann Rocco. Und jetzt das hier. Wer ist der Nächste?«

»Das sind Ihre Schlussfolgerungen. Wie viele Menschen in dieser Stadt hassen Sie, weil Sie sich in deren Leben eingemischt haben, weil Sie sie in den Knast geschickt haben?«

»Ich habe niemanden in den Knast geschickt. Das ist Ihr Job und der von den Richtern. Meine Schuldigen sind aus Papier, ein Teil des Berichts, den meine Klienten bekommen. Ich arbeite weder für Sie noch die Richter.«

»Sie können uns nicht leiden. Weder die Polizei noch die Richter.«

»Ich kenne nur wenige Polizisten und Richter, die ihre Moral nicht für den Staat opfern. Unter Franco haben sie gefoltert, Menschenrechte verletzt, und alles im Namen einer staatlichen Logik, die sie in ihrer Dreistigkeit Gesetz nennen. Sie waren Technokraten der Unterdrückung, dieser fortschrittlichen Technologie des Denkens, des Wortes, des Handelns und der Negation.«

»Sie sind ein Nostalgiker. Die Zeiten haben sich geändert.«

»Und was ist morgen? Was, wenn man Sie morgen auffordert, zu foltern und Leute verschwinden zu lassen? Wenn der Staat Sie dazu auffordert, das heißt Spanien, Ihr Spanien, was machen Sie dann?«

»Was mir mein Gewissen sagt, das Tiefste, was der Mensch besitzt. Das Gewissen. Dieser innere Tempel, in dem es keinen anderen Gott gibt als den eigenen. Das Tiefste in einem selbst. Worüber lachen Sie, Carvalho?«

»Das Tiefste am Menschen ist die Haut.«

23 Ich hatte fast vergessen, wie Frauen sind

Seine Wunden taten ihm weh, und er rief Gilda Muchnik an.
»Ich bin verprügelt worden. Ich lade Sie zum Essen ein. Haben Sie heute Abend Ausgang?«
Ein Taxi würde eine Stunde brauchen, um die Frau nach Vallvidrera zu fahren. Sie hatte nichts versprochen. Sie hatte einfach aufgelegt, ohne ihm zu antworten. Gilda Muchnik konnte zwischen endlos vielen Möglichkeiten wählen, dachte Carvalho, die absehbarsten waren: dem Anruf keine weitere Beachtung schenken, schwanken, dem Anruf Beachtung schenken und, wenn die Entscheidung gefallen ist, ihm Beachtung zu schenken, ein Alibi schmieden, falls sie eines brauchte, oder sich körperlich und seelisch darauf vorbereiten, zu einer Blindverkostung zu gehen, einer Verkostung aus Mitleid oder weil sich Gegensätze nun mal anziehen. Die Frau, die seine heruntergekommene Villa betritt und alles betrachtet, als wäre nichts dort, wo es sein sollte, wirkt eher wie eine Versicherungsvertreterin, die nach einer Katastrophe den Schaden begutachtet. Sie wirft ihm denselben Blick zu wie zuvor der Einrichtung.
»Ich hatte es mir schlimmer vorgestellt.«
»Mein Körper ist ein einziger Bluterguss.«
»Soll ich Sie verarzten?«
»Wir müssen uns entscheiden, ob Sie mich verarzten oder ob wir uns um das Essen kümmern. Können Sie kochen?«
»Nein!«, rief Gilda entrüstet.
»Wollen wir uns duzen?«
Sie zuckte mit den Schultern. Sie hatte schöne, hohe Schultern, schmal, aber wohlgeformt, die Schultern einer Frau, die aus dem einzigen Grund Sport treibt, weil sie einen schönen Körper haben will. Carvalho ging in die Küche

und hantierte mit den Zutaten für den Schmorbraten herum. Er nahm eine Nadel, fädelte einen dünnen Bindfaden ein und nähte die Ränder der vier Fleischstücke zusammen. Die Mitte, wo jeweils ein kleines Häufchen Füllung zu erkennen war, ließ er offen.

»So was hast du vermutlich noch nie gegessen, es ist schwer, den Namen aus dem Katalanischen zu übersetzen. *Galtes, galtes de porc.* Schweinebacken, gefüllt mit Leberpastete, Hackfleisch, Trüffeln, köstlich. Dein Name ist jüdisch, oder? Isst du überhaupt Schwein? Es wird dir schmecken.«

Weil sie nicht antwortet, vollendet Carvalho sein Werk, brät die *galtes* kurz in Öl an, gibt Weißwein dazu, verschiedene Gewürze, ein Glas Brühe. Das Ganze lässt er bei kleiner Flamme köcheln und geht in das Wohnzimmer zurück. Gilda ist verschwunden. Er entfacht den Kamin, wozu er den Roman *Die Wahrheit über den Fall Savolta* eines gewissen Eduardo Mendoza nimmt, eines Schriftstellers mit dem Namen eines Mittelstürmers. Er hatte ihn einmal im Fernsehen über die Privilegien des Alters reden hören. Der Schreiberling war kaum älter als fünfzig und besaß die Frechheit, über die Privilegien des Alters zu reden. Melancholisch sah Carvalho in die Flammen, in denen die Romanfiguren grillten, Lepprince, María Coral, Pajarito de Soto, Cabra Gómez, Kommissar Vázquez, Miranda, Cortabanyes. Wir sind nichts, Mendoza, ab fünfzig werden wir alles sein, das heißt, nichts. Privilegien des Alters. Zwei Frauenhände legten sich auf seine Schultern, Carvalho hielt sie fest und drehte sich um.

»Ich hatte fast vergessen, wie Frauen sind.«

Unter Carvalhos Bademantel roch Gilda nach nackter Frau. Carvalho folgte ihr, aber als sie es sich schon im Bett bequem machte, rannte er noch einmal in die Küche, um den Herd abzustellen. Bei seiner Rückkehr schaute die Hälfte des Körpers von Señora Olavarría, mit Mädchennamen

Muchnik, aus dem Durcheinander aus Decken, Laken und Tagesdecke hervor. Carvalho streckte sich neben ihr aus, und sie strich ihm mit der Hand durch das Haar. Sie streichelte die vom Desinfektionsmittel eingefärbten Wunden, küsste und leckte sie. Carvalho spürte sämtliche Erhebungen ihres Körpers und antwortete mit den seinen, die Finger im Dialog, standhaft das nach Monaten der Lethargie zu neuem Leben erwachte Geschlecht. Sie geriet schnell in Ekstase, war bereits beim Öffnen der Beine in Ekstase geraten. Der Orgasmus war etwas anderes. Langsam. Langanhaltend. Carvalho sah sich gezwungen, die Gymnastik fortzusetzen, als befände sich sein bestes Stück noch immer im bestmöglichen Zustand. Ihr reichte der Wille, den Orgasmus vorzutäuschen. Gilda gehörte zu den Frauen, die einen Orgasmus haben, wann immer sie wollen, und vor allem, weil sie es wollen. Der Partner ist nur imaginär, und Gilda scheint der imaginäre Carvalho zu gefallen. Als sie wieder bei Atem und Syntax ist, küsst sie ihm noch einmal voller Leidenschaft die Wunden.

»Diese Wilden! Es ist nicht zu glauben. Von der Barbarei zur Schönheit der Liebe, zur Schönheit des Liebemachens. Ich bin ja so glücklich, dass wir es getan haben ... Ich fühle mich, als hätte ich in einer einzigen Nacht mehr als zwanzig Jahre widerlicher Achtbarkeit über Bord geworfen. Wie bist du auf die Idee gekommen, mich anzurufen? Hast du gehofft, dein Zustand würde meinen Beschützerinstinkt wecken? Und, bist du zufrieden?«

Carvalho betrachtet sie, offensichtlich zufrieden mit sich selbst.

»Was würde dein Mann sagen, wenn ...?«

Sie legte ihm einen Finger auf die Lippen und begann an ihnen herumzuspielen.

»Zum Glück hat er wenig Phantasie, so wie alle Ehemänner.«

»Dein Mann ist nicht allein, und du weißt sehr gut, was geschehen ist und was gerade geschieht. Wovor Helga geflohen ist, dass du Olavarría geheiratet hast, um deine Schwester zu schützen. Aber das alles nützt jetzt nichts mehr.«

»Höchstens um dieses Schwein zu erledigen. Ihn fertigzumachen. Mich von ihm zu befreien.«

»Vielleicht. Vielleicht, wenn du aussagst und das zu einer Anzeige führt, bei der es um die Verschwörung rund um den Mord an Rocco und Helga geht.«

»Ich soll aussagen?«

»Sie haben deine Schwester getötet. Du kennst als Einzige die Hintergründe.«

»Weißt du, um was du mich da bittest? Diese Leute gehen nie unter. Die sind wie Korken. Die gehen nicht unter. Die wissen, wo sie gebraucht werden. Meine Schwester wird auch nicht wieder lebendig, wenn ich mich mit diesen Typen anlege. Und meine Kinder? Was sollen sie von mir denken, wenn ich ihren Vater ins Verderben stürze?«

Kein Zweifel, sie sah Helga ähnlich, nur dass sie weniger schutzlos war. Man ahnte, dass sich hinter Helgas halbnackter Arroganz auf den Fotos viel Mitgefühl verbarg, für alles und jeden. Sie war zum Opfer geboren und begnügte sich damit, das, so gut sie konnte, zu verbergen. Sie hatte ihr Ende herausgefordert, indem sie versuchte, zwei Verschwundene zu retten, die sie nicht einmal kannte, und wurde ermordet, als sie Rocco helfen wollte, vor Richter Garzón auszusagen. Carvalhos Augen und Hände wanderten über Gildas schönen, gutgepflegten Körper. Sie ließ es zu, auch wenn ihr dabei ein Lachen entschlüpfte.

»Du wirkst wie ein Blinder. Du tastest mich ab, wie ein Blinder die erste nackte Frau seines Lebens abtastet.«

»Hat dich schon mal ein Blinder abgetastet?«

»Nein, aber ich weiß, dass du mich abtastest wie ein Blinder.«

»Warst du blind, als du zugestimmt hast, Bobby zu heiraten, den Mann, der deine Schwester bedrohte?«

»Heute bin ich klüger, aber damals konnte ich nicht einfach sagen: Er bedroht sie, er erpresst sie. Er schlich ständig um uns herum, tänzelte oder schlich, wie ein Tänzer und eine Schlange zugleich. Helga konnte ihn nicht leiden, das sah man, aber ich dachte immer, meine Schwester wäre einfach zu hochnäsig und ich würde diesen gebildeten, höflichen Herrn besser verstehen als sie. Dann ging Helga weg. Nach Spanien. Sie ließ mich allein mit dem Tänzer, mit der Schlange. In Spanien sah ich die Dinge klarer. Und dann noch die Vergewaltigung, das Kind.«

»Aber du hast dich nicht von ihm getrennt.«

»Ich hatte Angst. Es ist nicht so einfach, einer Schlange zu entkommen.«

Mit der ganzen Tiefe ihrer Haut im Dienst ihres dünnen, sich harmonisch bewegenden Körpers ist sie aus dem Bett gesprungen. Während sie sich anzieht, bemerkt sie:

»Also gut, wenn du ihn fertigmachst, wenn du es schaffst, ihn fertigzumachen, dann mach Brei aus ihm, und ich bin glücklich. Hältst du mich jetzt für eine Spinnenfrau? Eine perverse, egoistische Spinnenfrau? Eine Schwarze Witwe?«

»Ich glaube, in dem Fall wäre mein Auftritt nicht sehr lang. Statt jemanden fertigzumachen, sollte ich besser jemanden retten.«

»Mich?«

»Nein. Du rettest dich selbst. Du besiegst deine Ängste mit Massagen. Es gibt noch andere, die sich in Reichweite der Firma Osorio & Olavarría befinden.«

»Ich gefalle dir nicht mehr. Du bist befriedigt. Du willst, dass ich gehe.«

Er will, dass sie geht, aber ohne sie vor den Kopf zu stoßen.

»Wir haben noch das ganze Leben vor uns.«

Gilda betrachtet erneut die Gegenstände um sie herum, darunter den inzwischen benutzten Carvalho.

»Falls ich noch mal wiederkomme, räume ich als Erstes hier auf. Ich ertrage keine Unordnung. Was starrst du mich so an? Siehst du mich zum ersten Mal?«

Carvalho beschränkt sich darauf, sie anzuschauen, als wollte er es Lifante gleichtun und ihr Zeichensystem entschlüsseln. Er ist in mehrfacher Hinsicht aufrichtig, als er sagt:

»Ich hatte fast vergessen, wie Frauen sind.«

24 Wegen Todesfall der Eigentümerin geschlossen

Weil die Calle de las Tapias so gut wie nicht mehr existierte, konnten sich auch keine Nachbarn versammeln und den seltsamen Tod von Pepita de Calahorra kommentieren. Längst sieht man nur noch stellvertretende Bürgermeister durch die Straße laufen, die einheimischen und ausländischen Stadtplanern erklären, wie man ein verwahrlostes Viertel voller Prostitution und Gesindel umgestalten kann. Urbane Zentren, Parkanlagen, Parkhäuser, die eine oder andere Sportstätte. Der Abriss des La Dolce Vita ist bereits beschlossen, und indem die zuständige Firma ein Schild mit der Aufschrift *Enderrocs Siurana*, Abrissarbeiten Siurana, aufgestellt hat, trägt sie ganz nebenbei auch zur katalanischen Sprachpolitik bei. Biscuter ist zur Leichenhalle in der Calle Sancho de Ávila gegangen, um Pepita de Calahorras Totenwache zu halten. Dorthin ist ihr toter Körper von der Poliklinik Peracamps überführt worden: Überdosis Heroin. Zur selben Zeit schleicht Carvalho um das alte Nachtlokal herum, aus dem verzweifeltes Maunzen dringt. Der zuständige Richter hat das Lokal verriegeln lassen, aber Carvalho reißt einfach ein Brett ab, und einen Moment später springen die zwölf bis vor Kurzem von Pepita protegierten Katzen aus der Öffnung, einige von ihnen noch misstrauisch, erstaunt über die Wirklichkeit, die sie jenseits ihres winzigen, glücklichen Reiches erwartet. Am meisten verwirrt sind die kleinsten und schwächsten unter ihnen, besonders eine sticht ihm ins Auge, ein kümmerliches, grünlich getigertes Kätzchen mit unterschiedlich farbigen Augen. Er lässt sich von einer inneren Regung leiten, will schon die Katze greifen, aber als das Tier den Kopf zur Seite neigt, um sich an seiner ausgestreckten Hand zu reiben, äußert Carvalhos

Gehirn Bedenken gegenüber der Adoption und der damit verbundenen Störung seines Alltags. Blitzschnell zieht er die Hand zurück. Die Ermordung seiner Hündin *Bleda* vor mehr als zwanzig Jahren hat ihn gelehrt, dass es keine harmlosen, der üblichen Dimension des Todes angemessenen Schmerzen gibt. Carvalho musste bis zur Plaza André Pieyre de Mandiargues gehen, um auf die Reste der Prostitution im Barrio Chino zu treffen. Die Nutten hatten sich an die Ränder des Lumpenreservats zurückgezogen, das schon auf Enderrocs Siurana und die Spitzhacken wartete. Pepita habe nie Drogen genommen, erzählte ihm die Gaditana, sie sei übervorsichtig gewesen und habe große Angst gehabt, sich irgendwas Schlimmes einzufangen.

»Eine Überdosis? Pepita? Höchstens vom Málaga-Wein. Dem war sie tatsächlich verfallen.«

Cayetano war Carvalho von der Calle de las Tapias gefolgt und sah, wie der Detektiv von immer mehr betagten Nutten umringt wurde, die den Wunsch hatten, nützlich zu sein, wem oder was, das wussten sie selbst nicht. Alle waren enge Freundinnen von Pepita oder Juanita oder Paquita de Calahorra gewesen, der Name spielte keine Rolle mehr. Cayetano lief bis zur Calle San Pablo und schaute sich nach dem auf Kosten eines Teils der Calle Robadors offenen Platz um, einem Platz, der der Erinnerung an Salvador Seguí, dem *Noi del Sucre*, gewidmet war, einem von Banditen des Arbeitgeberverbands ermordeten Anarchistenführer. Er wurde noch immer ermordet, diesmal von den Stadtplanern, die ihm eine urbane Lücke gewidmet hatten – eingerahmt von erstaunten Wänden, Resten abgerissener Gebäude, armseligen, vom plötzlichen Sonnenlicht geblendeten Fassaden und einem menschlichen Potpourri aus Alten, Kindern, Jugendlichen zwischen zwei Gefängnisaufenthalten im Modelo und Polizisten, die aus pausenlos patrouillierenden Streifenwagen steigen, um sich die Beine und die Langeweile zu vertreten. Der Dicke saß auf einer für seinen Leibesumfang viel zu niedrigen Bank und würdigte den Bettler, der sich neben ihn setzte, keines Blickes.

»Treib es nicht zu weit, *ché*. Du hast das Geld eingesteckt, aber keine einzige unserer Abmachungen erfüllt.«

»Keine Sorge, ich erledige das auf meine Art. Ich mach das schon. Nur dieser Detektiv geht mir allmählich auf den Sack, er steht zwei Blocks weiter und plaudert mit Freundinnen von Pepita de Calahorra. Wieso eigentlich Überdosis? Sie hat keine Drogen genommen.«

»Was hab ich damit zu schaffen? Und um den Detektiv musst du dir keine Sorgen machen. Es ist alles unter Kontrolle. Ich weiß sogar, wo seine entfernte Familie wohnt, die einzige, die er hat, ein Onkel, der lange in Argentinien gelebt hat und ihn jetzt überreden will, dorthin zu reisen, um ein Problem für ihn zu lösen.«

»Dieser Onkel aus Amerika wohnt in einem Penthouse in der Calle Marina. Am Rand der Villa Olímpica. Ich weiß gern Bescheid über das, was ich mache.«

Trotz seiner Überraschung schaute der Dicke nicht auf. Er wollte das Treffen so schnell wie möglich beenden.

»Du musst den Scheiß auf dich nehmen.«

»Das mit Pepita nicht.«

»Das ist kein Scheiß. Das war ein tragischer Unfall. Du weißt, wovon ich rede. Helga und Rocco. Jetzt. Jetzt gleich. Du gehst zu Lifante und singst. Du hast es nicht ertragen, dass Palita dich mit diesem ergrauten, rothaarigen Zopfträger schikaniert hat, du singst noch heute, wenn nicht, bist du der Nächste.«

»Keine Sorge, Señor, keine Sorge. Ich mach das schon.«

»Deine Leiche wird nicht besonders schön aussehen, und finden wird sie auch keiner. Wer sollte sich für dein Verschwinden interessieren? Hast du Familie?«

»Ich hatte einen Großvater. Eltern. Eine Cousine.«

»Wo?«

»Im Süden.«

Cayetano stand auf und murmelte:

»Ich erledige das heute Nachmittag, spätestens morgen Abend.«

Cayetano lief entlang, was von der Calle Robadors geblieben war – gerade einmal zwei offene Kneipen für die letzten Liebesdienerinnen, auf der Straße alte, halbtote Sexsuchende, überall Schilder von Enderrocs Siurana. Er bog in die San Rafael ein, ließ das Restaurant Casa Leopoldo hinter sich und gelangte zu dem auf Kosten der Calle Aurora und der Calle Cadena offenen Platz. Er folgte der Calle Aurora bis zum verrosteten Wellblechtor eines Schuppens. Das Tor war nicht verriegelt, und Cayetano öffnete es so behutsam wie möglich, damit es nicht zu rostigem Staub zerfiel. Eine Halle mit nichts als Rattenscheiße darin, weiter hinten das helle Rechteck eines Innenhofs mit einem einzelnen Feigenbaum, und um den Feigenbaum herum Bienzobas, Aguader, Pérez, die Reme und der hoch aufgeschossene Pequeñito. Der Baum hatte es geschafft, hundert, zweihundert Jahre lang zu wachsen und sich durch den Schacht des Innenhofes zur Sonne zu strecken, und das nur durch das tropfende Wasser der Wäsche, zu einer Zeit, als die Häuser noch bewohnt waren.

»Wir dürfen diese Treffen nicht missbrauchen«, fing Bienzobas an. Er hatte nie jemandem ins Gesicht geblickt und würde auch diesmal keine Ausnahme machen. Hin und wieder betrachtete er seine Kollegen verstohlen aus dem Augenwinkel, um sicherzugehen, dass sie noch da waren, oder er nickte, um Remes Worte zu bekräftigen, die auch als *Passionsblume vom rechten Ensanche* bekannt war. Angesichts der aktuellen Situation sah Reme ihre wiederholt vorgebrachte These bestätigt: die Notwendigkeit einer dauerhaften Bettlervereinigung mit festen Normen und Statuten, wie es das Vereinsgesetz vorschreibt.

»Eine legale Vereinigung? Auf keinen Fall. Nicht mit mir«, hielt Pérez dagegen. »Die Demokratie hat mich hinter Gitter gebracht, und wir waren so naiv, eine Häftlingsvereinigung zu gründen. Jeder hat gesagt: ›Wie toll!‹ aber kaum haben wir was gefordert, wer bekam da Dresche, wer wurde da fertiggemacht? Die Kameraden von der Vereinigung. Wenn sie schon uns Knastbrüder verprügelt haben, könnt ihr euch ausmalen, was sie mit uns Herumtreibern anstellen. Die Knastbrüder haben einen Ort, eine Firma, das Gefängnis, sie besetzen einen physischen Ort. Aber was ist mit uns?«

»Wir sind hier, um zu hören, was den Kollegen Cayetano bedrückt, und nicht, um uns in irgendwelchen Theorien zu ergehen«, verschaffte sich Pequeñito Gehör, und Aguader kam ihm mit deutlichen Worten zu Hilfe.

»*Una mica de seny, companys, que ens donaran una altra vegada pel cul i encara ens agradarà.*«

Wie immer war der alte Aguader besorgt, dass man es ihnen in den Arsch besorgen könnte und es ihnen auch noch gefallen würde. Cayetano sah aus wie Jesus Christus, der gerade mithilfe von Machado und Joan Manuel Serrat vom Holzbalken gestiegen war.

»Die haben mich gekreuzigt. Die kommen und holen mich, heute ist der letzte Tag, dann verhaften sie mich, damit ich zwei Morde auf mich nehme. Wie soll ich das bloß durchstehen?«

»Wenn die Bullen dir die Hand auf die Schulter legen, egal auf welche«, verkündete Pérez, »verlangst du als Erstes einen Pflichtverteidiger.«

»Und kaum ist der Verteidiger wieder weg, schlagen sie dich windelweich.«

»Hauptsache, du verkaufst dich gut vor dem Richter.«

»Für die Richter sind wir Penner doch nur der letzte Dreck.«

»Hör auf mich, Cayetano.«

»Kollegen, ich habe euch zusammengerufen, um vom Tag danach zu sprechen. Stellt euch vor, ich werde verhaftet und nehme die Morde auf mich oder sie hängen mir sogar den Tod von Pepita de Calahorra an, der vom La Dolce Vita, die auch tot ist, an einer Überdosis gestorben, dann möchte ich, dass ihr der Presse erzählt, was ihr bei euren Nachforschungen herausgefunden habt.«

Es war der Moment von Bienzobas. Er nahm den Faden auf, ohne die anderen anzusehen – nicht zuletzt, weil er ein kleines Heft aus einer Tasche seiner ehemaligen Militärhose gezogen hatte und die Notizen darin fast mit den Pupillen streifen musste, um sie lesen zu können. Aber keiner der Anwesenden zeigte auch nur das geringste Anzeichen von Ungeduld, als wäre die Sache jetzt in guten Händen und als würde die Versammlung ihren Höhepunkt erreichen, sobald Bienzobas seine Aufzeichnungen und sein Sehvermögen aufeinander abgestimmt hätte.

»Barcelona, am soundsovielten des soundsovielten des soundsovielten ... Das Datum tragen wir am gegebenen Tag nach. Und hier kommt das Ergebnis vieler Stunden Arbeit in den unterschiedlichen Vierteln Barcelonas, die hier so würdig vertreten sind.«

Endlich hatten Bienzobas' Augen und Gehirn einen Anknüpfungspunkt gefunden. Seine Kumpel ließen sich am Fuß des Feigenbaums nieder, und er begann mit seiner Rede.

25 Die Pflichtverteidigerin

Bienzobas war ausgesprochen redegewandt, während seine Mimik von der Anstrengung geprägt war, bloß nicht das Heft aus den Augen zu verlieren. Er konnte es nicht leiden, wenn man ihm riet, eine Brille zu tragen, erst recht seit ihm bei einem Streit eine Brille, die er in einem Müllcontainer am Paseo de Gracia gefunden und die ihm hervorragend gestanden hatte, zu Bruch gegangen war. Brillen verderben nur die Augen, pflegte er zu sagen, und noch schlimmer seien solche mit der richtigen Stärke, die bekämen einem absichtlich nicht, damit man sein ganzes Erspartes beim Augenarzt und Optiker lässt. Deshalb hielt er sich das Papier so dicht wie möglich vor die Augen und gab eine improvisierte Zusammenfassung seiner Notizen.

»Am produktivsten war die Sache mit dem Müll. Wir haben so viel wie möglich durchsucht, im Umkreis, den du uns gezeigt hast, Cayetano. Der Müll in der Vía Layetana beweist, dass diese Leute einfach nicht dazulernen. Wir haben Notizen des Chefs gefunden, in denen er sich über die Beziehungen zu einem gewissen Aquiles und die Gefahren einer Wiederherstellung der argentinisch-spanischen Geheimoperationen auslässt. Es ist der Entwurf einer Nachricht an den Beauftragten der spanischen Regierung. Caretos Tochter, die im Hotel Juan Carlos die Scheiße der Reichen wegmacht, hat die Schnipsel gefunden, die der sogenannte Aquiles dort entsorgt hatte. Wir haben auch eine Liste mit Aquiles' Anrufen, die er vom Hotel aus nach Argentinien geführt hat. Wir haben seine Verbindungen zu diesen Skinhead-Mackern mit dem Motorrad verfolgt. Das mit dem Privatdetektiv war ganz schön heftig. Sie haben sein Büro kurz und klein geschlagen, und drei unserer Kumpels haben ihre Zeit damit verbracht, eine Inventur der Späne zu machen. Wir wissen alles über diesen Zeitgenossen, ebenso über seine Küchenhilfe und eine gewisse Charo, die mal Callgirl war und jetzt dank eines hohen Funktionärs der katalanischen Regierung als Empfangsdame in Andorra arbeitet. Olavarría und Osorio watscheln hinter dem Dicken her wie Donald Ducks Neffen hinter ihrem Onkel. Was Dorotea Samuelson betrifft, die ist mit diesem Schauspieler aus der Villa Olímpica verduftet, die beiden haben sich in einem Haus in Vallvidrera versteckt, das nur Zettel mit lateinischen Botschaften, Einkommenssteuererklärungen und nach marinierter Schweinelende duftende Töpfe verlassen. *Bref*, wie es auf Französisch heißt, Cayetano, du verfügst über ein richtig nettes Beweisdreieck: der Argentinier Aquiles, eine Führungsspitze aus Politikern und Polizisten und die rechtsradikalen, muskelbepackten Glatzköpfe. An ihren Abfällen sollt ihr sie erkennen.«

»Ausgezeichnet, so wie immer.« Reme hatte das Wort ergriffen. »Und was nun? Sind diese Abfälle vielleicht Beweismaterial? Welcher Richter erkennt schon Müll als Beweismittel an?«

»Die machen doch den ganzen Tag nichts anderes«, entgegnete Bienzobas.

»Einmal angenommen, Cayetano nimmt die Morde auf sich. Wie verbreiten wir die Nachricht?«

Cayetano räusperte sich, zog ein gefaltetes Blatt Büttenpapier aus der Tasche, faltete es auseinander und verkündete mit zahnlosem Mund:

»Hier steht es schwarz auf weiß, auf Büttenpapier und mit einer Stempelmarke zu drei Peseten.«

»Warum drei?«

»Weil ich einen Satz verblichener, schlecht klebender Stempelmarken zu drei Peseten aus einem Müllcontainer auf der Rambla Cataluña gefischt habe, dem vor dem Haus des Notars.«

»Was der nicht alles hat.«

Reme und Cayetano gingen gemeinsam bis zum Parkplatz auf der Plaza Garduña. Dort betrat Reme die Boquería, um die Sardinenreste abzuholen, die ihr eine Fischhändlerin für ihre Katzen aufhob. Das Wichtigste sei Organisation, beharrte Reme, Organisation und noch mal Organisation, immer vorausgesetzt, die Organisation entspreche einem Programm, Programm, Programm, denn früher oder später müssten die Obdachlosen eine verfassungsgebende Phase durchlaufen.

»Wegen jedem Popel wird heute eine NGO gegründet. Warum machen wir das nicht?«

Reme hatte einer Partei angehört, die kommunistischer als die Kommunisten war, und das merkte man ihr an, dachte Cayetano, während er sich dem Ort der Verhaftung näherte, wo er den Wagen mit seinen Habseligkeiten abgestellt hatte, ein Ort, den auch Lifante kannte. Dort warteten sie auf ihn wie Geier, die der Gestank von Aas herbeigelockt hatte. Sie sagten den gleichen Mist zu ihm wie immer, mit demselben Spott wie immer, und waren überrascht, als Cayetano mit ernster Stimme erklärte:

»Weil das hier eine Festnahme ist, obendrein eine wiederholte, verlange ich die Anwesenheit meines Pflichtverteidigers.«

»Wenn es ein Pflichtverteidiger ist, heißt das, dass du keinen Anwalt hast, deshalb ist es nicht korrekt, *mein* Pflichtverteidiger zu sagen.«

Sie waren bereits auf der Polizeiwache, als Lifante ihn in die sprachliche Genauigkeit einführte, und Cifuentes mal trällerte, mal schrie:

»Auf geht's, ein Pflichtverteidiger!«

Der Anwalt, der eine Anwältin war, betrat das Zimmer. Blond, so jung, dass sie mit dem Personalausweis im Mund herumlief, so schüchtern, dass sie ihre Tasche aus Angst, die Polizisten könnten sie ihr stehlen, mit beiden Händen an sich presste, so weiß, dass sie wie ein Opfer des übelsten Sonnenscheins der übelsten Viertel der Stadt wirkte, und mit einer Stimme wie ein Glasglöckchen, kurz und gut, echt spitze, echt spitze, dachte Cayetano, als er die schmerzlindernde Wirkung sah, die die junge Frau auf die Polizisten hatte. Er bat um Erlaubnis, sich mit seiner Pflichtverteidigerin besprechen zu dürfen. Lifante gestattete es ihm.

»Nur zu. Das Ganze ist sowieso klar wie Kloßbrühe.«

Die junge Frau hatte Respekt und Angst zugleich vor dieser schmutzigen anthropomorphen Lumpengestalt, ohne Zähne und mit Augen, die vor Verschlagenheit und Müdigkeit gerötet waren.

»Señorita, die wollen mir was in die Schuhe schieben, ich soll irgendeine Scheiße schlucken.«

»Hier gibt es weder Schläge noch Scheiße«, erwiderte die Blondine entschlossen, rutschte aber auf dem zweiten Sch aus, als wäre sie es nicht gewohnt, ein solches Wort zu benutzen.

»Wie heißen Sie?«

»Cayetano Álvarez del Pas y Ruiz Urdiales. Und Sie, Señorita, Euer Gnaden?«

»Margarita González.«

»Ich glaube, ich hab Sie schon mal in Nou Barris gesehen.«

»Ich wohne dort mit meinen Eltern.«

Cayetano fasste sich an die Ellenbogen und zwinkerte ihr zu.

»Ich kenne halb Barcelona, weil ich Leute wie Sie sehe, Sie mich aber nicht sehen oder mich nicht sehen wollen, verstehen Sie, Señorita? Eine Zeitlang hab ich einen auf Sterbenden gemacht, mit einem Hündchen und einem Pappschild, auf dem stand: ›Ich habe Hunger!‹ Hunde erregen Mitleid, mehr als wir. Ein lieber, herzerweichender

Hund, einer von denen mit großen, traurigen Augen, ist eine wahre Goldmine. Aber was ich Ihnen eigentlich sagen wollte, Señorita, während man sich taub stellt, kann man gut die Reaktionen der Leute beobachten, sie kennenlernen und eine ganze Menge Gesichter abspeichern. Nou Barris also, was? Ein Mädchen vom Dorf, das sich mit den Ellbogen nach oben gekämpft hat. Das gefällt mir. Ganz mein Spiel, Señorita. Von Dorfjunge zu Dorfmädchen: Erschrecken Sie nicht, haben Sie keine Angst, vor nichts, Cayetano hat viele Nächte im Freien auf dem Buckel, und im Freien lernt man den Sinn des Lebens kennen, Señorita. Sie haben doch bestimmt Freunde bei der Presse. Junge Journalisten in Ihrem Alter, die noch Moral haben. Können Sie die mobilisieren? Wir Penner haben keine Presse.«

Lifante verlor allmählich die Geduld, sein Sekretär saß bereits vor der Maschine und wartete auf das Geständnis.

»Du wirst kooperieren, Cayetano, wir haben viel Zeit, und die Sache ist eindeutig. Du und Palita, ihr wart ein, sagen wir, Geschäfts- und Liebesbündnis, als plötzlich dieser Argentinier auftaucht und euch entzweit, du nimmst es hin, bis du irgendwann die Geduld verlierst, dir brennen die Sicherungen durch, du weißt nicht mehr, was du tust.«

»Temporärer Wahnsinn«, schaltete sich Celso Cifuentes ein.

»Denen fällt schon noch was Spektakuläreres ein, Cayetano. Du vegetierst doch eh den ganzen Tag auf der Straße vor dich hin. Die stecken dich höchstens ein paar Jährchen hinter Gitter. Drei? Mehr bestimmt nicht. Du wirst dort wie ein Fürst leben.«

Cayetano schüttelte den Kopf und präsentierte der Anwältin sein schönstes zahnloses Lächeln. Plötzlich fing er an zu lachen. Dann zu weinen.

»Ich werde verfolgt, es vergeht kein Tag, an dem ich nicht verhaftet und nackt ausgezogen werde.«

»Nackt? Bist du jetzt etwa nackt? Spielst du dich so auf, weil deine Anwältin im Raum ist?«

»Die ziehen mich jedes Mal aus, Señorita, jeder weiß, dass du im Gefängnis deinen Arsch und auf der Polizeiwache deine Eier schützen musst.«

Lifante machte der Anwältin ein Zeichen, ihm in eine Ecke des Zimmers zu folgen, wo er wohlwollend auf sie einredete.

»Die Sache ist völlig klar, Señorita. Er hat nicht alles gestanden, weil Sie hier sind. Das Vernünftigste wird sein, wenn Sie ihm raten, mit uns zu kooperieren. Unter uns, das ist ein ziemlich unwichtiger Fall, eine Angelegenheit zwischen Leuten vom Rand der Gesellschaft. Welches Interesse sollten wir haben, diesen armen Kerl in Ketten zu legen? Und der Richter? Der wird ihm keine zehn Minuten widmen.«

Plötzlich macht Lifante ein besorgtes Gesicht. Über die Schulter der Blondine hinweg sieht er Carvalho durch den Flur laufen. Der Detektiv scheint jemanden zu suchen.

»Entschuldigung.«

Lifante geht auf ihn zu, bleibt dann aber stehen und lenkt die Aufmerksamkeit des Detektivs mit einem lauten *st!* auf sich, das die gesamte Einheit alarmiert. Carvalho nähert sich dem seltsamen, aus dem Semiologen und der blassen jungen Frau bestehenden Paar.

»Tourismus?«

»Leichen. Die von Pepita de Calahorra schreit zum Himmel. Der Fall wird allmählich zu kompliziert für Sie, Lifante.«

26 Das Höhlengleichnis

»Schon möglich, dass der Fall allmählich zu kompliziert wird für mich. Aber lassen Sie ihn mich kurz zusammenfassen, für Sie, Carvalho, und die Pflichtverteidigerin. Die unglückliche Frau, Helga, das Mädchen, das Emmanuelle sein sollte, stolpert unversehens über ihre alte Liebe. Die besten Jahre ihres Lebens. Ihre Jugend. Sie ist ein Opfer des Alkohols und er der Metaphysik. Abstrakte und konkrete Ängste, und jetzt kehrt die Pennerin wieder in das Paradies der Jugend, der Reinheit, des Edelmuts zurück, sie entschließt sich, Rocco zu helfen, vielleicht überlegt sie, noch einmal ein neues Leben zu beginnen. Und dann ist sie tot, grausam und mit eiskalter Berechnung ermordet. Schön und gut. Jeder x-beliebige Penner hätte es gewesen sein können, Cayetano zum Beispiel, der so verbittert war, seit der andere aufgetaucht war.«

Rodríguez schüttelt den Kopf.

»Cayetano hat Rocco geholfen. An dem Nachmittag, als er ihn gesucht hat, war ich bei ihm.«

»Und was hast du da gesehen? Was hast du gehört? Das, was du sehen und hören solltest. Cayetano könnte alles inszeniert haben, um keinen Verdacht zu wecken. Auf jeden Fall ist er ein ernsthafter Kandidat, was die beiden Verbrechen angeht.«

»Und die Besitzerin des La Dolce Vita?«

Lifante wirft Carvalho einen kurzen Blick zu und antwortet, ohne ihm in die Augen zu sehen:

»Was hat das eine mit dem anderen zu tun? Überdosis.«

»Die einzige Überdosis, für die Pepita de Calahorra bekannt war, war die an Thunfischbrötchen mit Mayonnaise, Málaga-Wein und alkoholischen Getränken im Allgemeinen, um sich in Stimmung zu bringen.«

Lifante ignoriert Pepita de Calahorras Leiche und Carvalho gleich mit.

»Aber welcher Obdachlose ist in der Lage, sie an einem Ort zu töten und an einem anderen abzulegen? Waren es mehrere? Eine Abrechnung? Cayetano hatte Komplizen, um die Leiche zu transportieren. Wir müssen ihn nur hart genug rannehmen. Das ist alles. Aus der Sache kommt er nicht mehr raus.«

Lifante wird gerufen, Celso Cifuentes deutet nach oben, als würde er auf den zweiten Wohnsitz eines Gottes zeigen. Kaum ist der Inspektor gegangen, konzentrieren sich die feindseligen Blicke der Polizisten auf Carvalho, was ihn gleichgültig lässt.

»Falls Sie auf etwas warten, dann tun Sie das besser draußen.«

Sie zeigen zum Flur, und Carvalho geht und überlässt die kleine Blondine sich selbst und ihrem Wunsch, beim Verhör dabei zu sein. Er zieht eine Zigarre aus der rechten Sakkotasche und zündet sie in aller Ruhe an, betrachtet prüfend die Glut, lässt sich von dem roten Glühen in dem dämmrigen, fast dunklen Flur, auf den die Bürozimmer gehen, hypnotisieren. Lifante ist bereits bei seinen Chefs. Es ist nicht der Chef allein, es sind *die* Chefs. Offensichtlich verlangt der Fall der obdachlosen Frau erneut nach einer Klausur.

»Ist er Ihnen noch nie gefaltet reingesteckt worden?«

»Wenn Sie darauf hinauswollen, ob man es mir schon mal in den Arsch besorgt hat: Nein, Señor.«

»Es gibt viele Möglichkeiten, es jemandem in den Arsch zu besorgen. Uns hat man ihn gefaltet reingesteckt, Lifante. Im Fall der ermordeten Pennerin und dieses Rocco Cavalcanti kennen wir nur die Schatten, die man uns hat sehen lassen. Wir müssen diese lästige Angelegenheit so schnell wie möglich zu den Akten legen. Wie wahrscheinlich ist es, dass die Ermordung der Inhaberin des La Dolce Vita irgendwas mit der Sache zu tun hat?«

»Sehr wahrscheinlich.«

»Ziehen Sie einen Schlussstrich.«

»Ich möchte nicht, dass noch mehr Leichen auftauchen.«

»Das können wir Ihnen garantieren, aber wir brauchen einen über jeden Zweifel erhabenen Mörder, einen von denen, bei dem keiner Fragen stellt. Haben Sie mich verstanden?«

»Ich tue, was ich kann.«

Im Vorzimmer des Polizeichefs erneut ein Dicker, der ihm bekannt vorkommt, als wäre der Dicke hier angestellt, angestellt, weil er dick ist. Lifante geht in sein Büro zurück, sein Eierkopf glüht von den erhaltenen Weisungen. Er sieht aus wie eine kugelförmige Lampe in nordischem Design. Es nervt ihn, dass Carvalho auf ihn wartet, dass er ihm den Weg versperrt.

»Ich bezweifle, dass dieses Sonderkommando existiert. Tatsachen sind Tatsachen. Menschen und Situationen senden Signale aus, und daraus ziehe ich meine Schlussfolgerungen.«

»Sie sehen nur, was Sie sehen sollen, Lifante. Sie und ich, wir sind nur zwei Schritte voneinander entfernt, wir befinden uns in derselben Situation. In derselben Höhle. Erinnern Sie sich an das Höhlengleichnis? Die Herren über die Wahrheit lassen uns nur einen kleinen Teil der Wahrheit sehen. Sie erhalten diese Wahrheitsreste in Form von Signalen, Signalen, die übriggeblieben sind. Ich in Form von Empfindungen, Gesten, Resten von Logik, Logikmüll. Sobald man der Macht zu nah kommt, wird die Sache kompliziert, und das gilt nicht nur für mich. Ich sehe, dass Sie nicht nur absolut nichts wissen, sondern dass Sie nicht mal wissen, dass Sie absolut nichts wissen. Sie haben mir etwas voraus.«

»Was?«

»Dass Sie den Scheiß schlucken können, ohne krank zu werden, weil Sie nur Befehle von oben befolgen. Ich dagegen muss meine Klientin schützen. Vielleicht ist sie das nächste Opfer.«

»Wer ist Ihre Klientin?«

»Dorotea Samuelson.«

»Es wird keine weiteren Opfer geben.«

»Dorotea Samuelson und Dieste, der Schauspieler.«

»Wenn Sie schweigen, die beiden und Sie, wird es keine weiteren Opfer geben. Sie haben Recht, ich weiß längst nicht alles, was ich gerne wissen würde, aber Sie werden nicht überall herumposaunen, was Sie nicht wissen. Haben wir uns verstanden?«

Er kehrt dem Detektiv den Rücken zu, aber bevor er sich wieder zu seiner Truppe gesellt, dreht er sich noch einmal zu Carvalho um, der entschlossen wirkt, seine Zigarre im Flur aufzurauchen. Der Inspektor betrachtet die Zigarre. Er betrachtet ihn.

»Das ist eine Partagás Gran Connaisseur, so etwas raucht man nicht auf der Straße. Auf der Straße riecht man Zigarren nicht.«

»Eines Tages unterhalten wir uns über das Höhlengleichnis. Sie haben mich nicht sonderlich beeindruckt. Ich suche mir die Fälle aus, die mich auf hundert bringen. Dieser hier ist es nicht wert, auf hundert zu kommen. Das Einzige, was ich brauche, ist ein Schuldiger. Alles kann man nie wissen.«

»Ich glaube, ich habe das schon mal einem anderen Polizisten erzählt. Wir sind wie Würmer, die über ein Blatt kriechen und neugierig sind, was sich wohl auf der anderen Seite befindet. Was befindet sich dort? Die Rückseite. Und wir kriechen weiter, um zu sehen, was sich hinter der Rückseite befindet. Und was sehen wir dort?«

»Die Vorderseite. Eine schöne Metapher. Von Ihnen?«

»Nein, von Kazantzakis oder von Alexis Sorbas. Egal.«

Lifante zuckt mit den Schultern und geht in sein Büro. Er tritt ans Fenster und sieht gerade noch, wie der Polizeichef mit schnellen Schritten das Präsidium verlässt, Schritten, mit denen der Dicke, der ihm folgt, kaum mithalten kann. Dem Polizeipräsidenten genügte eine leichte Bewegung mit dem Kopf, um die Wachposten am Eingreifen zu hindern. Er ging zu seinem Wagen. Der Dicke beeilte sich, ihm die Tür aufzuhalten, und bevor er sich zu ihm in den Wagen setzte, versuchte der Dicke ihm die Hand zu geben. Der Polizeipräsident erwiderte den Handschlag.

»Das ist das letzte Mal, dass wir uns sehen, und ich möchte, dass wir uns auf etwas einigen. Ich will nicht wissen, welche Rolle Sie bei alldem gespielt haben, aber ich will auch nicht, dass Sie von nun an irgendeine andere Rolle spielen. Das bleibt eine Straftat unter Obdachlosen, dafür gibt es ausreichend Indizien. Das ist alles. Nichts weiter. Es reicht. Haben Sie mich verstanden?«

»Sie haben das Ehrenwort eines Kadetten der argentinischen Marine.«

Aquiles hatte die Hand auf sein Herz gelegt. Lifante tritt vom Fenster zurück und komplettiert die Szene im Raum. Cayetano steht mit dem Gesicht eines enthaupteten Lamms da, die Pflichtverteidigerin sitzt auf der Stuhlkante, den Rock über die Knie gezogen, die Tasche schützend mit beiden Händen umklammert. Die Polizisten sind dabei, irgendetwas zu betrachten, etwas Eigenes oder Fremdes, die Fingernägel, einen Wandkalender, das Sonnenlicht auf einer Fassade in der Gasse hinter dem Präsidium.

»Ich diktiere dir jetzt ein Geständnis, Cayetano, ein hypothetisches Geständnis. Wenn es dir gefällt, unterschreibst du es, und wenn nicht, kannst du dich auf deine verfassungsmäßigen Rechte berufen und wir fangen noch mal von vorne an oder überlassen die Angelegenheit dem Richter. Zumindest für Palitas Tod bist du verantwortlich, darauf deutet alles hin, und die Logik der Situation lässt vermuten, dass du auch Rocco auf dem Gewissen hast. Ich verstehe, wir alle verstehen, dass du aus Leidenschaft, großer Wut und berechtigter Empörung heraus gehandelt hast. Spiel nicht den Starken, Cayetano, du bist alles andere als stark, nach allem, was geschehen ist, überlebst du keine zwei Tage auf der Straße.«

Die Anwältin sprang auf.

»Worauf wollen Sie hinaus, Señor Lifante? Was sind das für Gefahren, mit denen Sie meinen Mandanten unter Druck setzen wollen? Was wissen Sie?«

»Cayetano weiß besser als Sie und ich, dass es ihm auf der Straße schlecht ergehen wird nach allem, was passiert ist. Erklär es ihr, Cayetano.«

In den Augen des Bettlers blitzt Panik auf, er weint bitterlich und schreit:

»Ich geb alles zu! Ich war's! Ich war's!«

27 Du sagtest, du wärst noch ein Mädchen

Dieste dirigierte das Ende von Doroteas Schminkaktion. Sie fuhr sich mit dem Lippenstift über die zusammengepressten Lippen.

Sie betrachtete sich im Spiegel.

»Und?«

»Du siehst aus wie eine Nutte, eine alte Nutte. Aber wenn ich einen hochkriegen würde, würde ich dich auf der Stelle vernaschen, meine Hübsche.«

»Mit sechzig ist man nicht mehr hübsch, Idiot. Und wenn du einen hochkriegst, veröffentliche ich das in *La Vanguardia*.«

»Ich lese nur die seriöse argentinische Presse, die man hier bekommt: *Caras, La Maga* und *Página 12* ...«

»Publikum?«

»Ganz ordentlich, fast voll.«

»Der Galicier?«

»Auch.«

»Auch was?«

»Er ist auch da und er ist auch voll, voll von sich selbst. Er ist ein Depp, aber einer mit guten und schlechten Seiten. Manchmal zeigt er die guten, manchmal die schlechten. Ich erzähl dir, worum es bei der Show geht. Es geht um Stücke aus der Zeit nach Piazzolla, auch von Piazzolla selbst, aber das eigentliche Thema sind die Paradoxe. Es geht um jungfräuliche und weniger jungfräuliche Mädchen, um die Gespenster der Jugend, um die Verdorbenheit der Welt der Erwachsenen. Es endet mit meinem Tango, meinem, ganz allein meinem. Und du wirst ihn singen.«

»Der Intendant hat viel für dich übrig, er sagt, du wärst ein Philosoph. Wozu sind Philosophen gut? Sie haben sich vom Marxismus abgewandt. Und die Anthropologen? Mir sind die Anthropologen lieber, aber nur wegen des schönen Klangs. Anthropologie ist ein vollkommenes Wort. Passt dein Tango zur Philosophie, zur Anthropologie?«

Dieste versuchte sich zu erinnern. Schließlich trällerte er: »*Du sagtest, du wärst noch ein Mädchen, doch du warst das Mädchen einer Madame ...*«

»*... die eine Nutte aus dir machte, ohne dich zu fragen, ob es aus Vergnügen oder Langeweile war.* Reine Kulturanthropologie. Das gefällt mir.«

»Trink einen Flachmann Grappa. Wenn dich der Mut verlässt, trink ein Schlückchen oder hundert. Etwas betrunken kriegst du den Tango noch besser hin. Ich wünschte, du könntest ihn mit dieser zugleich kaputten und zärtlichen Stimme einer Varela singen. Heutzutage hat niemand mehr eine Stimme wie Adriana Varela. Denk an die Stimmlage, mit der sie *Afiche* oder *Malena* singt. Nicht die Stilistin Adriana Varela von *Volver*, nein, ich will keine Adriana Varela, die wie eine Vorwegnahme von Chavela Vargas klingt.«

Hinter den Kulissen ging Dorotea noch einmal ihren Auftritt durch, trank zwischendurch immer wieder einen Schluck aus dem Fläschchen und beobachtete dabei Carvalhos Reaktionen, der hierarchisch wie der Vater aller Sphinxen im Publikum saß. Endlich leitete Dieste zum letzten Programmpunkt des Abends über. Er stand auf der Bühne, so übertrieben als schäbiger Vagabund verkleidet, dass er auf komische Weise die Intelligenz des Publikums beleidigte.

»Ich bin impotent. Im ... potent. Werte Herren, sollten Sie mich mal mit Ihren Frauen im Bett erwischen, brauchen Sie sich keine Sorgen zu machen. Ich tue es nur aus Höflichkeit, aus Nostalgie, oder weil ich ein Shakespeare'scher Schauspieler bin und mit Falstaff sage: ›Es gehört zum Wesen des Menschseins, dass die Lust die Potenz überlebt!‹ Die Damen, die mit mir ins Bett gehen, müssen sich anschließend nicht mal die Nase pudern, und schuld daran ist meine erste Liebe, eine Liebe voller Paradoxe. Meine erste Liebe hatte zwei Paradoxe hier, und ein weiteres da. Die zwei oberen Paradoxe haben den Appetit geweckt, doch das untere, das untere war wie ein zahnbewehrter Mund, wer dort eindrang, wurde verschlungen. Dantes enge Pforte! Mich führte sie zur Stadt der Trauer. Für impotente Männer ist die Hölle eine Möse, oder Muschi, wie man bei mir zu Hause sagt. Dieser Muschi habe ich meine Jugend geopfert. Ich war derart jung, dass ich nicht mal einen Kalender oder eine Uhr brauchte. Sie sehen, was aus mir geworden ist. Sie war mein Ruin. Ich gab ihr alles, was ich hatte, denn was ich nicht hatte, konnte ich ihr nicht geben. Und sie sagte, sie wäre noch ein Mädchen ...«

Er zeigte nach links, wo Dorotea ins Licht des Scheinwerfers trat, nichts als Wimperntusche und Falten, eingetaucht in Schminke von einem Orange, das im Licht leuchtete. Ihre nackten Beine in schwarzen Netzstrümpfen, Stöckelschuhe aus rotem Lack und ein bestickter Manila-Seidenschal, der bestimmt nie in Manila gewesen war. Wie zur Warnung setzt das Bandoneon ein, schleppt sich dahin wie ein Schwall von Gefühlen, in denen das Schnauben der Zuschauer versinkt, dann hebt Dorotea Samuelson mit einer an Chavela und Varela erinnernden Stimme zu singen an:

> Du sagtest, du wärst noch ein Mädchen
> doch du warst das Mädchen einer Madame
> die eine Nutte aus dir machte, ohne dich zu fragen
> ob es aus Vergnügen oder Langeweile war.
> Ich hab nie gesagt, gib mir die Kohle
> dein Lude war ich nie
> im Gegenteil, du ließest mich zurück
> ohne Gesicht, Schwengel, Würde und Zaster.
> Zärtliche Erpressungen

>   eines verdorbenen Weibes
>   du bist mit einem Schakal verduftet
>   mir blieb nur die Leere
>   zwischen den Beinen
>   die kalte Traurigkeit eines gebrochenen Mannes.
>   Jetzt stehe ich an der Ecke, halte die Hand auf
>   bis ich einen Einfaltspinsel erweiche
>   etwas wird man mir schon geben
>   und wenn es nur Verachtung ist.
>   Ich habe nie gesagt, gib mir die Kohle
>   dein Lude war ich nie
>   im Gegenteil, du ließest mich zurück
>   ohne Gesicht, Schwengel, Würde und Zaster.
>   Süße Erpressungen einer Spielerin
>   du hast auf einen Jüngling gesetzt
>   der die Verwüstung
>   das Unglück eines Orkans
>   zwischen deinen Schenkeln zurücklässt.
>   Zärtliche Erpressungen
>   eines verdorbenen Weibes
>   du bist mit einem Schakal verduftet
>   mir blieb nur die Leere
>   zwischen den Beinen
>   die kalte Traurigkeit des Grabes.

Als der Galicier die improvisierte Künstlergarderobe betrat, um die beiden zu begrüßen, verbeugte er sich mehrmals vor Dorotea und applaudierte mit den Fingerspitzen.

»Mein Kontingent an Argentinität ist aufgebraucht, aber ich habe Gefallen gefunden. Was soll's, ich gebe der Bitte meines Onkels nach und fliege nach Buenos Aires, um meinen Cousin Raúl zu suchen. Ich gehe, um zu gehen. Ich habe nichts in Buenos Aires verloren. Aber wer weiß.«

»Und wir?«

»Keine Sorge. Ich habe eine Abmachung mit Lifante, und an die muss er sich halten.«

»Und die Wahrheit der Geschichte?«

»Die ist gewaltig. Eine Wahrheit, die zu groß ist für uns. Viele Wahrheiten sind zu groß für uns. Die der Heiligen Dreifaltigkeit zum Beispiel.«

Carvalho überließ Dorotea den letzten geistigen Reserven ihres Flachmanns, während Dieste noch ein paar Aspekte an ihrem Auftritt zu korrigieren versuchte.

»Wenn es heißt ... *du ließest mich zurück ohne Gesicht, Schwengel, Würde und Zaster* ... dann versteht dich ein großer Teil des Publikums nicht, vor allem dieses Publikums, weil das Lunfardo ist. Deshalb musst du vermitteln, mit dem Ton deiner Stimme, mit deinem Auftreten, du musst übersetzen, damit das Publikum dich versteht, du musst den Text mit Leben füllen.«

»Mit Leben«, flüsterte Dorotea melancholisch.

Mit Leben, sagte sich Carvalho immer wieder, während er ziellos durch die Gegend lief. Sollte er ins Büro gehen, um gemeinsam mit Biscuter Bilanz zu ziehen, wie ihn sein Assistent gebeten hatte? Sollte er nach Hause gehen? Sollte er einen Wiedersehens- oder Abschiedsbrief an Charo schreiben? Ich gehe nach Buenos Aires, und ob ich nach Buenos Aires gehe. Am Ende ging er ins Büro, wo Biscuter gerade mit dem Abendessen fertig war, frugal, Chef, eine kleine Tortilla mit Kabeljau und Zwiebeln und *pa amb tomàquet*. Es ist noch die Hälfte da. Haben Sie schon gegessen, Chef? Carvalho nahm sich die halbe Tortilla und die zwei Scheiben Brot mit Tomate, die ihm Biscuter zubereitete, dazu zwei, drei, vier Gläser Vino de Cosechero, Rioja Alta.

»Ich komme auf ganz schön viele Tote, Chef. Helga, Rocco, die arme Pepita de Calahorra, und alles wird dieser Niete, diesem Cayetano, in die Schuhe geschoben. Das glaubt doch kein Mensch.«

»Man wird es glauben.«

»Und der Ehrenkodex?«

»Ich habe mehr für meine Klientin getan als in jedem anderen Fall. Ich garantiere ihr ihr Leben. Ich habe ihr gesagt, wer der Mörder ist, und ich schütze sie vor ihm.«

»Wer ist es gewesen?«

»Die Geschichte, der schmutzige Krieg. Die Vergangenheit. Die Vergangenheit ist der Ort, wo man die Gründe findet, das heißt, die Schuldigen. Deshalb beharren die Schuldigen so sehr darauf, die Vergangenheit ruhen zu lassen und ihr keine Bedeutung beizumessen. Sie wollen eine Welt ohne Schuldige, und wenn das nicht geht, wenn die Schuld der Vergangenheit ans Licht kommt, dann töten die Schuldigen erneut und werden wieder das, was sie immer waren. Mörder.«

28 Das Herz und andere bittere Früchte

Cayetano war bekleidet, hielt sich aber die Hände vor die Geschlechtsteile, den Mund weit geöffnet, ohne Schneidezähne, ohne Backenzähne, ohne Luft, bis ihm die Nähe zweier Polizisten die Worte diktiert.

»Das mit dem Geld war nebensächlich. Es war seine Verachtung. Er hat mich behandelt wie einen Hampelmann, sie war die Kluge, diejenige, die kurz davor war ... Was weiß ich! Emmanuelle zu sein.«

Die Verteidigerin hatte ihren Arm gehoben, als wollte sie Lifante um Erlaubnis bitten, ihren Mandanten zu korrigieren. Lifante ging nicht darauf ein, und Cayetano warf ihm so etwas wie ein Augenzwinkern zu, bevor er sein Geständnis fortsetzte.

»Ich habe ihn niedergeschlagen, damit er aufhört, mich zu verhöhnen, und sie habe ich erstochen, um die Polizei auf die falsche Fährte zu bringen, aber auch, um ihr zu beweisen, dass auch ich Phantasie habe. Du hast einfach keine Phantasie, hat sie ständig gesagt. Und den letzten Stich habe ich ihr dahin verpasst, ja, genau dahin, wohin Sie denken, und dabei habe ich gesagt: Nimm das, damit du da oben nicht rumvögelst.«

Cayetano zeigte zum Himmel und grinste, aber das Grinsen sollte ihm schnell vergehen, denn Lifante trat dicht an ihn heran und packte ihn mit zwei harten, grausamen Fingern am Kinn.

»Was hast du gesagt? Wohin hast du sie gestochen?«

»Da unten hin. In die Fotze. In die Muschi, wie sie immer sagte.«

»Du hast ihr ins Herz gestochen, zweimal!«

»Das hätte ich mich nicht getraut! Nicht ins Herz! Tun Sie mir nichts an, Señor Lifante!«

Er wollte erreichen, dass die Pflichtverteidigerin eingriff, denn Lifantes Finger näherten sich schon wieder seinem Kinn.

»Das hättest du dich also nicht getraut. Stattdessen hast du ihr in die Fotze gestochen, wie du behauptest!«

Cayetano springt auf, von einem Wutanfall gepackt, der in einen epileptischen Anfall übergeht. Mit verdrehten Augen und Schaum vor dem Mund fällt er zu Boden. Über ihm schweben Augen und Hände, die nicht einzugreifen wagen.

»Jemand muss ihm einen Bleistift unter die Zunge stecken! Wenn er sich auf die Zunge beißt, wenn er sie abbeißt, wird er nicht reden.«

»Aber er sabbert.«

»Muss ich das etwa selber tun?«

Schließlich macht es der Magister in neuer Armut und Bettelei, während Lifante die Lage unter Kontrolle bringt. Die Verteidigerin fragt, ob das mit den Stichen wahr sei und was die Albernheit solle, etwas zu verheimlichen, was bei der Gerichtsverhandlung ohnehin herauskäme. Ins Herz, wiederholt Lifante zweimal, als würde er jemandem zweimal ins Herz stechen oder als würde ihm selbst zweimal hintereinander ins Herz gestochen. Das heißt, mein Mandant ist unschuldig, verkündet die blonde Anwältin, Sie alle haben gehört, dass er sich geirrt hat, als er Ihnen zeigte, wohin er gestochen hat, er wurde gezwungen, die ganze Scheiße zu schlucken. Das Wort Scheiße aus dem ungeschminkten Mund der Blondine ließ die Herzen von Lifantes Brigade weich werden. Mein Mandant ist unschuldig. Als Cayetano das Bewusstsein wiedererlangte, war er derselben Meinung.

»Ich habe niemanden getötet. Ich habe nie einen Baseballschläger besessen! Ich hatte nur Angst vor dem Dicken.«

»Jetzt kommt er uns auch noch mit einem Dicken.«

»Der Dicke hat gesagt, kein Mensch würde sich für das Verschwinden eines Bettlers interessieren und ich solle besser kooperieren, ein Verbrechen aus Leidenschaft sei etwas ganz Normales, erst recht unter Bettlern. Er hat gesagt, die ungeschriebenen Gesetze von uns Bettlern wären der Gesellschaft egal, sie würde sehr tolerant mit ihren Übertretungen umgehen, ähnlich wie bei den Tieren. ›Bist du es nicht leid, Cayetano, dir ständig Dokumentarfilme im Fernsehen anzuschauen, wo hässliche Viecher die niedlichen auffressen? Interessiert das die Leute? Nein. Das ist das Gesetz des Dschungels. Ihr Penner habt eure Gesetze.‹ Ich war total verängstigt. Sie alle machen mir Angst, vor allem Sie, Curro, Sie machen mir richtig Angst.«

»Red keinen Scheiß!«

»Und dann der Dicke mit seinen Schlägertypen. Die haben mir mit Baseballschlägern gegen das Schienbein geschlagen. Deshalb wollte ich einen Pflichtverteidiger. Außerdem heißt es, in Spanien würden Obdachlose als Versuchskaninchen für biologische Waffen und neuartige Viren benutzt.«

»Auch das noch.«

Cayetano bat darum, allein mit Lifante sprechen zu dürfen, und humpelte in die Ecke, die der Polizist gewählt hatte.

»Das mit dem dicken Argentinier habe ich mir nicht ausgedacht, Inspektor. Und in diesem Haus ist er kein Unbekannter. Ich schwöre. Er wurde mehr als einmal gesehen, wie er hier war, um mit dem Herrn Polizeipräsidenten zu reden, mit Ihrem Polizeipräsidenten. Verstehen Sie, Lifante?«

Cayetano schenkte dem Inspektor das schönste seiner lückenhaften Lächeln, auf den Lippen noch der schönste Speichel seiner spektakulärsten Epilepsie. Lifante nahm sein Jackett und murmelte beim Hinausgehen:

»Er soll unterschreiben, was er will, und dann verschwinden. Dieser Penner nützt uns nichts. Suchen Sie mir einen anderen.«

Cayetano sollte erst spät in der Nacht freikommen. Die Journalisten, alles ehemalige Kommilitonen der Pflichtverteidigerin, erwarten ihn an einer der Hintertüren, doch die Blondine höchstpersönlich begleitet Cayetano durch den Haupteingang. Als sie die Vía Layetano hinuntergehen, findet Cayetano zur Grazie eines großen Clochards zurück und lädt seine Anwältin zum Abendessen in eine Spelunke in der Nähe der Kirche Santa María del Mar ein, wo Leute wie er geduldet werden.

»Das mit den Stichen in die Fotze habe ich erzählt, weil das garantiert keiner getan hat, und wenn es keiner getan hat, wie soll ich es dann getan haben? Ich habe gelernt, wenn man dich dazu verdammt, wie ein Schurke zu leben, dann musst du das halt auf dich nehmen, du musst noch mehr auf dich nehmen, als sie dich zwingen, noch mehr, nur so kannst du sie besiegen. Dass man ihr ins Herz gestochen hat, erstaunt mich nicht. Sie hatte ein ziemlich törichtes, aber auch ein großes und sehr verwundetes Herz. Ein Arzt hat mal zu mir gesagt, oder ich habe es gelesen, dass jedes Unglück, das uns zustößt, eine Narbe in unserem Herzen hinterlässt.«

Cayetano stieß das Taschenmesser zweimal tief in den Pfirsich. Margarita schloss die Augen, und später, auf der Straße, als sie wieder allein war, hielt sie sich die Hand aufs Herz. Cayetano schrie:

»Ich schick dir ein Geschenk! Ich habe Geld! Mehr Geld, als du jemals als Pflichtverteidigerin verdienen wirst! Vielen Dank, Süße!«

Er musste zu seinem Karren. Mit Siebenmeilenstiefeln eilte er los, ließ den Parque de la Ciudadela hinter sich und erreichte den heruntergekommenen Teil von Poblenou, wo es die besten Verstecke gab wie die verlassene Werkstatt. Er bewegte den Bollerwagen ein Stück zur Seite, und auf dem Boden kam ein Metalldeckel zum Vorschein. Cayetano nahm ein Brecheisen, und der Deckel fiel wie eine riesige Münze neben das Loch, das er bedeckt hatte. Cayetano legte sich auf den Boden und steckte beide Arme in die Öffnung. Als er sie wieder herauszog, hielt er ein schmutziges Bündel in den Händen, das nur wenig wog. Als er es aufmachte, kamen verschiedene Kleidungsstücke, ein Kulturbeutel mit der Aufschrift *Agua Lavanda Puig* und ein in Zeitungspapier gewickeltes Päckchen zum Vorschein. Der Bettler rasierte sich mithilfe eines Eimers Wasser und wusch sich die Körperpartien, die sichtbar bleiben würden. Die anderen bedeckte er mit einem karierten, grauen Zweireiher und einer Weste, dazu einem blauen Hemd und einer Krawatte von Hermès, gefunden in einer Mülltonne in Pedralbes und von Palita geflickt. Und da waren die besten Schuhe, die er je besessen hatte, auch aus der Mülltonne in Pedralbes, Marke Church, fast so wie Churchill, ein Hinweis, dass sie aus England stammten und sehr edel waren. Es gab zwar keinen Spiegel, aber Cayetano wusste auch so, dass er nicht mehr Cayetano war, und er fühlte sich noch mehr wie ein anderer Mensch, als er das Päckchen öffnete und ein Sparbuch der Bank La Caixa und ein Geldbündel mit Zehntausend-Peseten-Noten herauszog, die er als Erstes zählte und gleich noch mal zählte. Eine halbe Million. Er verteilte das Geld auf die verschiedenen Taschen seines Anzugs, stopfte die alte Kleidung in das Loch am Boden, verschloss es mit dem Deckel und betrachtete eine Zeitlang seinen Bollerwagen. Zärtlich strich er über die Lagen aus Karton, tat einen Schritt zurück und versetzte dem Wagen einen solchen Tritt, dass er auf die Seite fiel. Dann machte er sich zu den neuen, im Morgengrauen ruhenden Stränden der Ciudad Olímpica auf und ließ sich auf einer Bank nieder, die die Stelle überragte, wo Poblenou und das neue Barcelona aufeinandertrafen, die Nueva Icaria, wie die Immobilienbranche den Ort vor den Olympischen Spielen in ihrer Werbung getauft hatte. Er wusste, Carvalho würde dort auf dem Weg zu seinem Onkel vorbeikommen, um sich nach einer möglichen Reise nach Argentinien zu erkundigen. Er wusste, dass der Dicke nicht weit weg sein würde und dass es wichtig war, den beiden zu begegnen, ohne von ihnen erkannt zu werden.

Carvalho kam um elf Uhr vormittags. Er vergewisserte sich, dass es der richtige Treppenaufgang war, und drückte auf den Klingelknopf des Penthouses. Der Dicke erwartete ihn bereits seit einer ganzen Weile an der Ecke. Cayetano ging an ihm vorbei, musste sogar einen Bogen um den Raum machen, den der Mann auf dem Bürgersteig einnahm, und setzte seinen Weg fort. Er würde nach Hause gehen. Sein Zuhause war eine Cousine zweiten Grades, die eine Kurzwarenhandlung in Santander besaß, aber in diesem Anzug, mit dem Sparbuch, auf das der Erlös vom Verkauf des tonnenweise gesammelten Kartons eingegangen war, und fünfhunderttausend Peseten in der Tasche würde Santander ein einziges Fest sein. Er würde es machen wie sein Großvater. Jeden Morgen mit nackten Füßen über den Strand von Sardinero flanieren, sich die Schuhe anziehen und zu seiner Wohnung im Viertel rund um den Palacio de la Magdalena hinaufgehen. Vielleicht würde er sich eines Tages an Palita erinnern, aber an die lebendige Palita, und nicht daran, wie sie ihn gezwungen hatten, ihr den Schädel mit dem Baseballschläger zu zertrümmern, und wie dieser fiese Muskelprotz mit dem Messer auf den leblosen oder leblos wirkenden Körper eingestochen und ihr zum Schluss zwei Stiche mitten ins Herz versetzt hatte, einmal, zweimal. Wie bitter ihm diese zwei sinnlosen Stiche vorgekommen waren, wie bitter. Letzten Endes hatte er sie umgebracht, um sein eigenes Leben zu retten. Hätte sie nicht dasselbe getan? Er war sich nicht sicher. Palita hatte etwas von einer Heldin, das ihn verwirrte. Genaugenommen war sie keine Pennerin, und sie war oft genug bereit gewesen, ihr Leben zu riskieren. Für etwas mehr als ihre eigene Existenz.

Manuel Vázquez Montalbán bei Wagenbach

Carvalho und die tätowierte Leiche
Ein Kriminalroman aus Barcelona
Der erste Einsatz des schlemmenden Privatdetektivs Pepe Carvalho führt diesen ins Gangstermilieu von Barcelona und Amsterdam: ein Roman sowohl für Krimifans als auch für Liebhaber kulinarischer und literarischer Finessen!
Aus dem Spanischen von Bernhard Straub
WAT 694. 208 Seiten

Carvalho im griechischen Labyrinth
Ein Kriminalroman aus Barcelona
Eine betörende Französin sucht den Mann ihres Lebens. Pepe Carvalho ist zu allem bereit, doch Mademoiselle Claire und ihr merkwürdiger Begleiter Lebrun verlangen von ihm, den schönen Griechen Alekos im Labyrinth Barcelonas zu finden.
Aus dem Spanischen übersetzt und neu bearbeitet von Bernhard Straub
WAT 733. 176 Seiten

Carvalho und der Mord im Zentralkomitee
Ein Kriminalroman aus Madrid
In einem Saal voller Kommunisten gehen die Lichter aus. Als es wieder hell wird, liegt ein linker Star-Politiker erstochen auf dem Sitzungstisch. Ex-Genosse Pepe Carvalho rätselt: War es ein Todfeind oder ein Parteifreund?
Aus dem Spanischen übersetzt und neu bearbeitet von Bernhard Straub
WAT 731. 272 Seiten

Carvalho und die Rose von Alexandria
Ein Kriminalroman aus Barcelona
Der Traum von einem neuen Leben und einer alten Liebe – die schöne Encarnación hat ihn mit dem Tod bezahlt. Einer der berühmtesten Romane aus der Reihe um den melancholischen Privatdetektiv mit Hang zur Schlemmerei.
Aus dem Spanischen übersetzt und neu bearbeitet von Bernhard Straub
WAT 762. 304 Seiten

Manuel Vázquez Montalbán bei Wagenbach

Carvalho und der einsame Manager
Ein Kriminalroman aus Barcelona
Ressentiments gegen Konzernmanager gab es offenbar schon lange vor der Finanzkrise. Damals wurden missliebige Manager allerdings einfach gnadenlos aus dem Weg geräumt – häufig von Leuten aus den eigenen Reihen.
Aus dem Spanischen übersetzt und überarbeitet von Bernhard Straub
WAT 701 272 Seiten

Carvalho und die olympische Sabotage
Ein Kriminalroman aus Barcelona
Nur-nicht-Dabei-Sein ist alles! Ein Muss für alle Olympia-Muffel! Nicht erst seit gestern regt sich Protest gegen sportliche Großveranstaltungen, die vor allem bei korrupten Funktionären ein bleibendes Siegerlächeln hinterlassen.
Aus dem Spanischen von Bernhard Straub
WAT 752. 144 Seiten

Carvalho und die Meere des Südens
Ein Kriminalroman aus Barcelona
In seinem neuen Fall spürt Pepe Carvalho einem solventen Toten nach, der sich zu sehr von Gauguins Südseeparadies hat verführen lassen – und an die romantische Liebe über die Klassengrenzen hinweg glaubte.
Aus dem Spanischen übersetzt und neu bearbeitet von Bernhard Straub
WAT 713. 240 Seiten

Das Quartett Roman
Drei Männer, zwei Frauen. Wie soll das gutgehen? Bald schon wird die Antiquitätenhändlerin Carlota tot aufgefunden, scheinbar ertrunken im Teich ihres Anwesens. Wer war ihr Mörder?
Aus dem Spanischen von Theres Moser
WAT 686. 96 Seiten

Leonardo Sciascia bei Wagenbach

Der Ritter und der Tod – Ein einfacher Fall
Zwei sizilianische Kriminalromane
Mafia, Waffen, Drogen, Staat – zwei Kriminalromane in allerbester Sciascia-Manier: hochliterarisch, hochspannend und dabei glänzende Porträts der sizilianischen Gesellschaft.
Aus dem Italienischen von Peter O. Chotjewitz
WAT 763. 128 Seiten

Tag der Eule   Ein sizilianischer Kriminalroman
Sciascias erster und berühmtester Mafia-Roman: Kann Capitano Bellodi den Mord an einem sizilianischen Kleinunternehmer aufklären? Wer hat ihn begangen? Wer steckt dahinter?
Aus dem Italienischen von Arianna Giachi
WAT 619. 144 Seiten

Der Zusammenhang   Ein sizilianischer Kriminalroman
Nach den erfolgreichen ersten beiden Bänden der sizilianischen Kriminalromane Sciascias, »Jedem das Seine« und »Tag der Eule«, nun der dritte und letzte über eine haarsträubende Serie von Morden an Richtern.
Aus dem Italienischen von Helene Moser
WAT 644. 128 Seiten

Wenn Sie mehr über den Verlag und seine Bücher wissen möchten, schreiben Sie uns eine Postkarte oder elektronische Nachricht (mit Anschrift und E-Mail). Wir informieren Sie dann regelmäßig über unser Programm und unsere Veranstaltungen.

Verlag Klaus Wagenbach   Emser Straße 40/41   10719 Berlin
www.wagenbach.de   vertrieb@wagenbach.de